ŒUVRES

DE

CLÉMENT MAROT

DEUXIÈME ÉDITION

Imp. Eugène HEUTTE et Ce, à Saint-Germain.

ŒUVRES COMPLÈTES

DE

CLÉMENT MAROT

Revues sur les éditions originales

AVEC

PRÉFACE, NOTES ET GLOSSAIRE

PAR

M. PIERRE JANNET

———

TOME III

PARIS

ALPHONSE LEMERRE, ÉDITEUR

27-29, passage Choiseul

———

M DCCC LXXIII

ÉPIGRAMMES.

A. *Epigrammes comprises dans l'édition de* 1544.

I. *A Monsieur Cretin, souverain poëte françoys*
(1520).

L'HOMME sotart et non sçavant,
Comme un rotisseur qui lave oye,
La faulte d'aucun nonce avant
Qu'il la congnoisse ne la voye;
Mais vous, de hault sçavoir la voye,
Sçaurez par trop mieulx m'excuser
D'un gros erreur, si faict l'avoye,
Qu'un amoureux de musc user.

II. *A Monseigneur de Chasteaubriant.*

CE livre mien d'epigrammes te donne,
Prince Breton, et le te presentant,
Present te fais meilleur que la personne
De l'ouvrier mesme, et fust il mieulx chantant;
Car mort ne va les œuvres abbatant,
Et mortel est celuy là qui les dicte;
Puis tien je suis des jours a tant et tant,
De m'y donner ne seroit que redicte.

III. *De Barbe et de Jaquette.*

QUAND je voy Barbe en habit bien duysant,
Qui l'estomac blanc et poly descœuvre,
Je la compare au dyamant luysant,
Fort bien taillé, mys de mesmes en œuvre.
  Mais quand je voy Jaquette qui se cœuvre
Le dur tetin, le corps de bonne prise,
D'un simple gris accoustrement de frise,
Adonc je dy, pour la beauté d'icelle :
« Ton habit gris est une cendre grise
Couvrant un feu qui tousjours estincelle. »

IV. *De Jane Gaillarde, lyonnoise.*

C'EST un grand cas veoir le mont Pelion,
Ou d'avoir veu les ruynes de Troye;
Mais qui ne veoit la ville de Lyon,
Aucun plaisir à ses yeulx il n'octroye;
Non qu'en Lyon si grand plaisir je croye,
Mais bien en une estant dedans sa garde ;
Car de la veoir d'esprit ainsi gaillarde,
C'est bien plus veu que de veoir Ilyon,
Et de ce siecle un miracle regarde,
Pource qu'elle est seule entre un million.

V. *De Madame la duchesse d'Alençon.*

MA Maistresse est de si haulte valeur, [que;
Qu'elle a le corps droict, beau, chaste et pudi-
Son cueur constant n'est pour heur ou malheur
Jamais trop gay ne trop melancolique.
Elle a au chef un esprit angelique,
Le plus subtil qui onc aux cieulx vola.

O grand merveille! on peult veoir par cela
Que je suis serf d'un monstre fort estrange:
Monstre je dy, car pour tout vray elle a
Corps femenin, cueur d'homme et teste d'ange.

VI. *A Ysabeau.*

Qui en amour veult sa jeunesse esbatre
Vertus luy sont propres en dictz et faictz,
Mais il ne fault qu'un vent pour les abatre,
Si Fermeté ne soustient bien le faix.
Ceste vertu et ses servans parfaicts
Portent le noir, qui ne se peult destaindre;
Et qui l'amour premiere laisse estaindre,
Le noir habit n'est digne de porter.
Tout homme doibt ceste vertu attaindre;
Si femme y fault, elle est à supporter.

VII. *Du jour des Innocens.*

Treschere sœur, si je savois où couche
Vostre personne au jour des Innocens,
De bon matin je yrois à vostre couche
Veoir ce gent corps que j'ayme entre cinq cens.
Adonc ma main (veu l'ardeur que je sens)
Ne se pourroit bonnement contenter
Sans vous toucher, tenir, taster, tenter;
Et si quelqu'un survenoit d'avanture,
Semblant ferois de vous innocenter:
Seroit ce pas honneste couverture?

VIII. *D'un songe.*

La nuict passée en mon lict je songeoye,
Qu'entre mes bras vous tenois nu à nu;

Mais au resveil se rabaissa la joye
De mon desir en dormant advenu.
Adonc je suis vers Apollo venu
Luy demander qu'adviendroit de mon songe :
Lors luy, jaloux, de toy longuement songe,
Puis me respond : « Tel bien ne peulx avoir. »
Helas ! m'amour, faiz luy dire mensonge :
Si confondras d'Apollo le sçavoir.

IX. *Du moys de May et d'Anne.*

May, qui portoit robe reverdissante,
De fleur semée, un jour se meit en place,
Et quand m'amye il veit tant fleurissante,
De grand despit rougit sa verte face,
En me disant : « Tu cuydes qu'elle efface,
A mon advis, les fleurs qui de moy yssent; »
Je luy respons : « Toutes tes fleurs perissent
Incontinent qu'yver les vient toucher;
Mais en tous temps de ma Dame fleurissent
Les grans vertus, que Mort ne peult secher.

X. *D'un baiser refusé* (1527).

La nuict passée à moy s'est amusé
Le Dieu d'Amours (au moins je le songeoye),
Lequel me dit : « Povre amant refusé
D'un seul baiser, prens reconfort et joye.
Ta Maistresse est de doulceur la montjoye,
Dont (comme croy) son refuz cessera.
—Ha, dy je, Amour, ne sçay quand ce sera;
Le meilleur est que bien tost me retire :
Avec sa dame à peine couchera
Qui par priere un seul baiser n'en tire.

XI. *Des statues de Barbe et de Jaquette.*

Vers alexandrins.

Advint à Orléans qu'en tant de mille dames
Une, et une autre avec, nasquirent belles femmes.
Pour d'un tant nouveau cas saulver marques insignes,
On leur a estably deux statues marbrines;
Mais on s'enquiert pourquoy furent, et sont encore,
Mises au temple aux sainctz, et maint la cause ignore:
Je dy qu'on ne doibt mettre ailleurs qu'en sainct sejour
Celles à qui se font prieres nuict et jour.   [tes?
Mais quelle durté est soubz voz peaulx tant doulcet-
Maint amant vous requiert : respondez, femmelettes;
Et les sainctz absens oyent des prians les langages
Nonobstant qu'adressez ils soient à leurs images;
Mais en parlant à vous, n'entendez nos parolles
Non plus que si parlions à voz sourdes ydoles.

XII. *De Maaamoyselle du Pin.*

L'arbre du Pin tous les autres surpasse,
Car il ne croist jamais en terre basse,
Mais sur haultz montz sa racine se forme,
Qui en croissant prend si trèsbelle forme
Que par forestz ou aucun autre endroict
On ne sçauroit trouver arbre plus droict.
　Qui touchera son escorce polie,
Pour ce jour là n'aura melancolie.
Au chef du pin sont fueilles verdoyantes,
Et à son pied fontaines undoyantes.
　Son boys est bon, ou couppé ou entier:
S'il est couppé hors de son beau sentier,
On en fera ou navire ou gallée

Pour naviguer dessus la mer sallée;
Et s'on le laisse en la terre croissant,
Il deviendra fertile et fleurissant,
Et produira une trèsbelle pomme
Pour sustanter le triste cueur de l'homme.
Par ainsi donc, en terre et sur la mer,
Ton noble cueur le Pin doibt estimer.

XIII. *De Madamoyselle de la Chapelle.*

Vers alexandrins.

La Chapelle qui est bastie et consacrée
Pour le lieu d'oraison, à Dieu plaist et aggrée;
De contrebas et hault la Chapelle fournie,
Avec taille et dessus, est trèsbelle armonie;
La chapelle où se font eaux odoriferentes
Donne par ses liqueurs guerisons differentes;
Mais toy, Chapelle vive, estant de beauté pleine,
Tu ne fais que donner à tes serviteurs peine.

XIV. *Du Roy et de ses perfections.*

Vers alexandrins.

Celuy qui dit ta grace, eloquence et sçavoir
N'estre plus grans que humains, de près ne t'a peu
Et à qui ton parler ne sent divinité,   [veoir,
De termes et propos n'entend la gravité.
    De l'empire du monde est ta presence digne,
Et ta voix ne dit chose humaine, mais divine.
Combien donques diray l'ame pleine de grace,
Si oultre les mortelz tu as parolle et face?

XV. *A Lynotte, lingere mesdisante.*

Lynote,
Bigote,
Marmote,
Qui couldz,
Ta note
Tant sote
Gringote
De nous.

Les pouldz,
Les loups,
Les cloux
Te puissent ronger soubz la cotte
Trestous
Tes trouz
Ordouz,
Les cuysses, le ventre et la motte.

XVI. *Abel à Marot.*

POETISER *contre vous je ne veulx,*
Mais comme l'un des enfans ou neveux
De Poësie ayant desir d'entendre
Vers vous je veux mon entendement tendre.

XVII. *Response par Marot.*

POETISER trop mieulx que moy sçavez,
Et, pour certain, meilleure grace avez,
A ce que voy, que n'ont plusieurs et maintz
Qui pour cest art mettent la plume ès mains.

XVIII. *A maistre Grenouille, poëte ignorant.*

BIEN ressembles à la grenouille:
Non pas que tu sois aquatique;

Mais comme en l'eau elle barbouille,
Si fais tu en l'art poëtique.

XIX. *A un nommé Charon, qu'il convie à souper.*

Mets voille au vent, single vers nous, Charon,
Car on t'attend : puis quand seras en tente,
Tant et plus boy *bonum vinum charum*,
Qu'aurons pour vray ; donques (sans longue attent
Tente tes piedz à si decente sente
Sans te fascher, mais en sois content, tant
Qu'en ce faisant nous le soyons autant.

XX. *Au Roy, pour commander un acquict* (1529).

Plaise au Roy nostre Sire
De commander et dire
Qu'un bel acquict on baille
A Marot, qui n'a maille,
Lequel acquict dira,
(Au moins on y lira),
Telle ou semblable chose,
Mais ce sera en prose :
« Tresorier, on entend
Que vous payez content
Marot, n'y faillez pas,
Dès le jour du trespas
De Jehan Marot son pere. »
Ainsi (Sire) j'espere
Qu'au moyen d'un acquict
Cil qui povre nasquit
Riche se trouvera,
Tant qu'argent durera.

XXI. *A Monsieur le Grand Maistre, pour estre
mis en l'estat (1529).*

QUAND par acquitz les gaiges on assigne,
On est d'ennuy tout malade et fasché;
Mais à ce mal ne fault grand' medecine;
Tant seulement fault estre bien couché,
Non pas en lict n'en linge bien seché,
Mais en l'estat du noble Roy chrestien.
Long temps y a que debout je me tien,
Noble Seigneur : prenez doncques envie
De me coucher à ce coup si trèsbien
Que relever n'en puisse de ma vie.

XXII. *Le dixain de may qui fut ord,
Et de febvrier qui luy feit tort*

L'AN vingt et sept, Fevrier le froidureux
Eust la saison plus claire et disposée
Que Mars n'Avril; bref, il fut si heureux,
Qu'il priva May de sa dame Rousée :
Dont May, tristé, a la Terre arrousée
De mille pleurs, ayant perdu s'amye,
Tant que l'on dit que pleuré il n'a mye,
Mais que grand' pluye hors de ses yeulx bouta.
Las! j'en jettay une foys et demie
Trop plus que luy quand m'amye on m'osta.

XXIII. *Du depart de s'amye.*

ELLE s'en va, de moy la mieulx aymée,
Elle s'en va (certes) et si demeure
Dedans mon cueur tellement imprimée,
Qu'elle y sera jusques à ce qu'il meure.
Voyse où vouldra, d'elle mon cueur s'asseure,

Et s'asseurant n'est melancolieux ;
Mais l'œil veult mal à l'espace des lieux,
De rendre ainsi sa liesse loingtaine.
Or adieu donc, le plaisir de mes yeulx,
Et de mon cueur l'asseurance certaine.

XXIV. *D'Anne qui luy jecta de la neige.*

Anne par jeu me jecta de la neige,
Que je cuidoys froide, certainement :
Mais c'estoit feu, l'experience en ay je,
Car embrasé je fus soudainement.
  Puis que le feu loge secretement
Dedans la neige, où trouveray je place
Pour n'ardre point ? Anne, ta seule grace
Estaindre peult le feu que je sens bien,
Non point par eau, par neige ne par glace,
Mais par sentir un feu pareil au mien.

XXV. *A Anne pour estre en sa grace.*

Si jamais fut un paradis en terre,
Là où tu es, là est il, sans mentir ;
Mais tel pourroit en toy paradis querre
Qui ne viendroit fors à peine sentir ;
Non toutesfoys qu'il s'en doit repentir,
Car heureux est qui souffre pour tel bien.
  Doncques celuy que tu aymeroys bien,
Et qui receu seroit en si bel estre,
Que seroit il ? Certes je n'en sçay rien,
Fors qu'il seroit ce que je vouldrois estre.

XXVI. *De la Venus de marbre presentée au Roy.*

Ceste déesse avec sa ronde pomme,
Prince royal des autres le plus digne,

N'est point Venus, et Venus ne se nomme,
Jà n'en desplaise à la langue latine :
C'est du hault ciel quelque vertu divine
Qui de sa main t'offre la pomme ronde,
Te promettant tout l'empire du monde
Ains que mourir. O quel marbre taillé !
Bien peu s'en fault qu'il ne die et responde
Que mieulx encor te doit estre baillé.

XXVII. *La mesme Venus.*

Vers alexandrins.

SEIGNEUR, je suis Venus, je vous dy celle mesme
Qui la pomme emporta pour sa beauté supresme ;
Mais tant ravie suis de si haulte louenge,
Que viande et liqueurs je ne boys et ne mange ;
Donc ne vous estonnez si morte semble et roidde :
Sans Ceres et Bacchus tousjours Venus est froide.

XXVIII. *Une Dame à un qui luy donna sa pourtraicture.*

Tu m'as donné au vif ta face paincte,
Paincte, pour vray, de main d'excellent homme ;
Si l'ai je mieulx dedans mon cueur empraincte
D'un autre ouvrier, qui Cupido se nomme.
  De ton present heureuse me renomme ;
Mais plus heureuse, amy, je serois bien
Si en ton cueur j'estois emprainte comme
Tu es emprainct et gravé sur le mien.

XXIX. *Sur la Devise :* « *Non ce que je pense.* »

TANT est l'amour de vous en moy empraincte,
De voz desirs je suis tant desireux,

Et de desplaire au cueur ay telle craincte,
Que plus à moy ne suis, dont suis heureux.
    A d'autre sainct ne s'adressent mes vœux,
Tousjours voulant (de peur de faire offense)
Ce que voulez, et non ce que je veulx,
Ce que pensez, et non ce que je pense.

XXX. *A Anne, qu'il regrette* (1529).

INCONTINENT que je te vy venue,
Tu me semblas le clair soleil des cieulx
Qui sa lumiere a long temps retenue,
Puis la faict veoir luysant et gracieux;
Mais ton depart me semble une grand nue,
Qui se vient mettre au devant de mes yeulx :
Pas n'eusse creu que de joye advenue
Fust advenu regret si ennuyeux.

XXXI. *De la Statue de Venus endormie.*

QUI dort icy? Le fault il demander?
Venus y dort, qui vous peult commander.
Ne l'esveillez, elle ne vous nuyra.
Si l'esveillez, croyez qu'elle ouvrira
Ces deux beaulx yeulx, pour les vostres bander.

XXXII. *De Martin et Alix.*

MARTIN menoit son pourceau au marché
Avec Alix, qui en la plaine grande
Pria Martin luy faire le péché
De l'un sus l'autre, et Martin luy demande :
« Mais qui tiendroit notre pourceau, friande?
—Qui? dit Alix : bon remede il y a. »
Lors le pourceau à sa jambe lya,
Puis Martin jusche, et lourdement engaine ;

Le porc eust peur, et Alix s'escria :
« Serre, Martin, nostre pourceau m'entraine. »

XXXIII. *A Monsieur Braillon, medecin* (1531).

C'EST un espoir d'entiere guerison,
Puis que santé en moy desja s'imprime.
Vray est que yver, foible, froid et grison,
Nuyt à nature et sa vertu reprime ;
Mais si voulez, si aurez vous l'estime
De me guerir sans la neufve saison ;
Parquoy, Monsieur, je vous supply en rithme
Me venir veoir, pour parler en raison.

XXXIV. *A Monsieur Akakia, medecin, qui luy avoit envoyé des vers latins* (1531).

TES vers exquis, seigneur Akakia,
Meritent mieulx de Maro le renom
Que ne font ceulx de ton amy qui a
Avec Maro confinité de nom.
Tes vers, pour vray, semblent coups de canon,
Et resonnance aux miens est si petite,
Qu'aux tiens ne sont à comparer, sinon
Du bon vouloir que ta plume recite.

XXXV. *A Monsieur le Coq, medecin, qui luy promettoit guerison* (1531).

LE chant du coq la nuict point ne prononce,
Ains le retour de la lumiere absconse,
Dont sa nature il fault que noble on tienne.
Or t'es montré vray Coq en ta response,
Car ton hault chant rien obscur ne m'annonce
Mais santé vive, en quoy Dieu te maintienne.

CLÉMENT MAROT, III.   2

XXXVI. *Audict Coq* (1531).

Si le franc Coq, liberal de nature,
N'est empesché avec sa gelinotte,
Luy plaise entendre au chant que je luy note,
Et visiter la triste créature
Qui en sa chambre a faict ceste escripture,
Mieulx enfermé qu'en sa cage linotte.

XXXVII. *A monsieur L'Amy, medecin* (1531).

Amy de nom, de pensée et de faict,
Qu'ay je mesfaict que vers moy ne prens voye?
Graces à Dieu, tu es dru et refaict,
Moy plus deffaict que ceulx que mortz on faict;
Mort en effect, si Dieu toy ne m'envoye,
Et ne pourvois au mal qui me desvoye :
Que je te voye, à demy suis guery,
Et sans te veoir à demy suis pery.

XXXVIII. *A Pierre Vuyard* (1531).

Ce meschant corps demande guerison,
Mon frere cher ; et l'esprit, au contraire,
Le veult laisser, comme une orde prison :
L'un tend au monde, et l'autre à s'en distraire.
   C'est grand' pitié que de les ouyr braire :
« Ha ! dit le corps, fault il mourir ainsi ?
— Ha ! dit l'esprit, fault il languir icy ?
— Va, dit le corps, mieulx que toy je soûhaite.
— Va, dit l'esprit, tu faulx, et moy aussi :
Du Seigneur Dieu la volunté soit faicte. »

XXXIX. *Au Roy, pour avoir cent escuz* (1529).

Plaise au Roy ne refuser point,
Ou donner, lequel qu'il vouldra,
A Marot cent escuz apoinct,
Et il promet qu'en son pourpoinct
Pour les garder ne les couldra.
Monsieur le legat l'absouldra,
Pour plus dignement recevoir,
J'entens s'il veult faire devoir
De sceller l'acquit à l'Espergne ;
Mais s'il est dur à y pourveoir,
Croyez qu'il aura grand pouvoir
S'il me faict bien dire d'Auvergne.

XL. *Du lieutenant criminel et de Samblançay*
(1527).

Lors que Maillart, juge d'Enfer, menoit
A Monfaulcon Samblançay l'ame rendre,
A vostre advis, lequel des deux tenoit
Meilleur maintien? Pour le vous faire entendre,
Maillart sembloit homme qui mort va prendre
Et Samblançay fut si ferme vieillart,   [dic
Que l'on cuydoit, pour vray, qu'il menast pen··
A Monfaulcon le lieutenant Maillart.

XLI. *D'une espousée farouche.*

L'espousé la premiere nuict
Asseuroit sa femme farouche :
« Mordez moy, dit il, s'il vous cuit ;
Voilà mon doit en vostre bouche. »
Elle y consent, il s'escarmouche,

Et après qu'il l'eust deshousée :
« Or ça, dit il, tendre rousée,
Vous ay je faict du mal ainsi ? »
Adonc respondit l'espousée :
« Je ne vous ay pas mors aussi. »

XLII. *Que ce mot viser est bon langage.*

REGARDER est trèsbon langage ;
Viser est plus agu du tiers ;
De dire qu'il n'est en usage,
J'en croy tous les arbalestriers.
  Je demanderois volontiers
Comme on diroit plus proprement :
Un de ces deux haquebutiers
Par mal viser fault lourdement.
  Je dy (à parler rondement)
Qu'il fault que ce mot y pourvoye,
Et ne se peult dire aultrement,
Qui est tout le pis que j'y voye.
  Celluy qui ne vise à la voye
Par où il va, fault et s'abuse ;
Mais point ne fault ne se forvoye
Celluy qui du terme ainsi use.
  Donques, amy, ne le recuse :
Car quand au pis on le prendroit,
User on en peult soubz la ruse
De metaphore en maint endroict.
  Viser du latin vient tout droit,
Visée en est une lisiere,
Et par ailleurs viser fauldroit
Pour bien m'attaindre à la visiere.

XLIII. *De l'abbé et de son valet* (1536).

Monsieur l'abbé et monsieur son valet
Sont faictz egaulx tous deux comme de cire :
L'un est grand fol, l'autre petit folet ;
L'un veult railler, l'autre gaudir et rire ;
L'un boit du bon, l'autre ne boit du pire ;
Mais un debat au soir entre eulx s'esmeut,
Car maistre abbé toute la nuict ne veult
Estre sans vin, que sans secours ne meure,
Et son valet jamais dormir ne peult
Tandis qu'au pot une goute en demeure.

XLIV. *De frere Thibault.*

Frere Thibault, séjourné, gros et gras,
Tiroit de nuict une garse en chemise
Par le treillis de sa chambre, où les bras
Elle passa, puis la teste y a mise,
Puis tout le sein : mais elle fut bien prise,
Car son fessier y passer ne sceut onc :
« Par la morbieu, ce dict le moyne adonc,
Il ne me chault de bras, tetin ne teste ;
Passez le cul, ou vous retirez donc :
Je ne sçaurois sans luy vous faire feste. »

XLV. *A deux freres Mineurs, par le jeune Brodeau.*

Mes beaux peres religieux,
Vous disnez pour un grammercy
O gens heureux, ô demi dieux,
Pleust à Dieu que je fusse ainsi !
Comme vous vivrois sans soucy,

Car le veu qui l'argent vous oste,
Il est cler qu'il deffend aussi
Que ne payez jamais vostre hoste.

XLVI. *Responce par un greffier de la maison de*
Monseigneur d'Orléans, qui cuydoit que Marot
eust faict le precedent huictain.

Tu dys, Marot, par tes raisons,
Qu ne valent le publier,
Que quand allons par les maisons
Disnons sans bourse deslier.
D'un cas je te veulx supplier,
Puis que tu n'as argent en pouppe :
Comme moy rens toy cordelier,
Tu disneras comme je souppe.

XLVII. *Replique sur ladicte responce, par Marot.*

Prince, ce griffon qui me gronde
Semble Jouan qui se mordoit ;
Que voulez vous que luy responde ?
C'est la plus grand' pitié du monde ;
Excuser plus tost on le doit :
Car quand ainsi son feu jectoit,
Et qu'il disoit : Argent en pouppe,
Le povre homme se mescomptoit,
Et vouloit dire qu'il estoit
Tousjours yvre comme une souppe.

XLVIII. *De Dolet* (1538).

Le noble esprit de Ciccro Rommain,
Voyant ça bas maint cerveau foible et tendre
Trop maigrement avoir mys plume en main

Pour de ses dictz la force faire entendre,
Laissa le ciel, en terre se vint rendre,
Au corps entra de Dolet, tellement
Que luy sans autre à nous se faict comprendre,
Et n'a changé que de nom seulement.

XLIX. *A un quidam.*

Veulx tu savoir à quelle fin
Je t'ay mis hors des œuvres miennes?
Je l'ay faict tout exprès affin
Que tu me mettes hors des tiennes.

L. *A Benest.*

Benest, quand ne te congnoissoye,
Un sage homme je te pensoye;
Mais quand j'ay veu ce qui en est,
Je trouve que tu es Benest.

LI. *Du rys de Madame d'Allebret.*

Elle a trèsbien ceste gorge d'albastre,
Ce doulx parler, ce cler tainct, ces beaulx yeulx;
Mais en effect, ce petit rys follastre,
C'est à mon gré ce qui luy sied le mieulx;
Elle en pourroit les chemins et les lieux
Où elle passe à plaisir inciter;
Et si ennuy me venoit contrister
Tant que par mort fust ma vie abbatue,
Il ne fauldroit pour me resusciter
Que ce rys là duquel elle me tue.

LII. *Des cinq poinctz en amours* (1527).

Fleur de quinze ans (si Dieu vous saulve et gard),
J'ay en amours trouvé cinq poinctz exprès:

Premierement, il y a le regard,
Puis le devis, et le baiser après;
L'attouchement le baiser suyt de près,
Et tous ceulx là tendent au dernier point,
Qui est : Et quoy? Je ne le diray point:
Mais s'il vous plaist en ma chambre vous rendre,
Je me mettrai voulentiers en pourpoinct,
Voyre tout nud, pour le vous faire apprendre.

LIII. *De Anne, à ce propos.*

OUYR parler de ma Dame et Maistresse
M'est plus de bien que toutes autres veoir;
Veoir son maintien, ce m'est plus de liesse
Que bon propos des autres recevoir;
Avecques elle un bon propos avoir,
M'est plus grand heur que baiser une Heleine,
Et ne croy pas, si j'avois son aleine,
J'entens sa bouche, à mon commandement,
Que ceulx qui ont leur jouyssance pleine
N'eussent despit de mon contentement.

LIV. *A Selva et à Heroet.*

DEMANDEZ vous qui me faict glorieux?
Heleine a dict, et j'en ay bien memoire,
Que de nous trois elle m'aymoit le mieulx;
Voilà pourquoy j'ay tant d'aise et de gloire.
  Vous me direz qu'il est assez notoire
Qu'elle se mocque, et que je suis deceu:
Je le sçay bien, mais point ne le veulx croire,
Car je perdrois l'aise que j'ay receu.

LV. *De Heleine de Tournon.*

Au moys de may, que l'on saingnoit la belle,
Je vins ainsi son medecin reprendre :
« Luy tires tu sa chaleur naturelle ?
Trop froide elle est, bien me l'a faict apprendre ;
—Tais toy, dit il, content je te voys rendre :
J'oste le sang qui la faict rigoureuse,
Pour prendre humeur en amour vigoureuse,
Selon ce moys qui chasse tout esmoy. »
Ce qui fut faict, et devint amoureuse,
Mais le pis est que ce n'est pas de moy.

LVI. *De Phebus et Diane* (1524).

Le cler Phebus donne la vie et l'aise
Par son baiser tant digne et precieux,
Et mort devient ce que Diane baise.
O dur baiser, rude et mal gracieux,
Tu fais venir un desir soucieux
De mieulx avoir, dont souvent on desvie ;
Mais qui pourroit parvenir à ce mieulx,
Il n'est si mort qui ne revint en vie.

LVII. *De Diane* (1524).

Hommes expers, vous dictes par science,
Que Diane est en baisant beaucoup pire
Que n'est la Mort ; mais par experience
De ce vous veulx et vous puis contredire :
Car quand sa bouche en la mienne souspire,
Toute vigueur dedans mon cueur s'assemble ;
Vous resvez donc, ou certes il fault dire
Qu'en la baisant mourir vivre me semble.

LVIII. *Par une sçavante Damoyselle*

Un *fascheux corps vestu d'un satin gras,*
Un satin gras doublé d'un fascheux corps,
Un lourd marcher, un branlement de bras,
Un sot parler avec un museau tors
Contrefaisant le gracieux, alors
Qu'il pense mieulx d'amours faire butin,
Que dessert il? D'estre jecté dehors,
Et l'envoyer desgresser son satin.

LIX. *A la dicte Damoyselle.*

Un lourd vestu de satin est icy
Suyvant la Court (sans propos) à la trace ;
De bonne gresse est son satin farcy,
Et tout son corps plein de maulvaise grace ;
Quant à la grace, à peine qu'on l'efface,
Car il sent trop son escolier latin :
Quand à la gresse, il l'a soir et matin
(Comme je croy) en trois ans amassée ;
Mais baillez luy douze aulnes de satin,
Voyla sa robe en un jour desgressée.

LX. *De Blanche de Tournon.*

Dedans le cloz d'un jardin fleurissant
Entre autres fleurs voy une rose blanche,
Que je serois sur toutes choysissant,
Si de choysir j'avoys liberté franche ;
Dieu gard sans fin le rosier et la branche
Dont est sortie une tant belle rose ;
Dieu gard la main qui pour croistre l'arrose ;
Dieu gard aussi le trèsexcellent clos ;

Dieu face en moy la sienne amour enclose,
A peine d'estre en son amour enclos.

LXI. *A Ysabeau* (1527).

Quand j'escriroys que je t'ay bien aymée
Et que tu m'as sur tous autres aymé,
Tu n'en serais femme desestimée,
Tant peu me sens homme desestimé ;
Petrarque a bien sa maistresse nommée
Sans amoindrir sa bonne renommée ;
Donc, si je suis son disciple estimé,
Craindre ne fault que tu en sois blasmée ;
D'Anne j'escry, plus noble et mieulx famée,
Sans que son loz en soit point deprimé.

LXII. *De Diane* (1524).

Estre Phebus bien souvent je desire,
Non pour congnoistre herbes divinement,
Car la douleur qui mon cueur veult occire
Ne se guerist par herbe aucunement ;
Non pour avoir ma place au firmament,
Car en la terre habite mon plaisir ;
Non pour son arc encontre Amour saisir,
Car à mon Roy ne veulx estre rebelle :
Estre Phebus seulement j'ay desir,
Pour estre aymé de Diane la belle.

LXIII. *D'un Importun.*

Bren, laissez moy, ce disoit une
A un sot qui luy desplaisoit.
Ce lourdault tousjours l'importune,

Puis j'ouy qu'elle luy disoit :
  « La plus grosse beste qui soyt,
Monsieur, comme est ce qu'on l'appelle ?
—Un elephant, madamoyselle ;
Me semble qu'on la nomme ainsi.
—Pour Dieu, Elephant (ce dit elle),
Va t'en donc, laisse moy icy. »

LXIV. *De Diane* (1524).

L'enfant Amour n'a plus son arc estrange,
Dont il blessoit d'hommes et cueurs et testes :
Avec celluy de Diane a faict change,
Dont elle alloit aux champs faire les questes ;
Ilz ont changé, n'en faictes plus d'enquestes,
Et si on dict : A quoy les congnois tu ?
Je voy qu'Amour chasse souvent aux bestes,
Et qu'elle attainct les hommes de vertu.

LXV. *A Madamoyselle de la Greliere* (1528).

Mes yeulx sont bons, Greliere, et ne voy rien,
Car je n'ay plus la presence de celle
Voyant laquelle au monde voy tout bien,
Et voyant tout je ne voy rien sans elle.
A ce propos souvent (ma Damoyselle),
Quand vous voyez mes yeulx de pleurs lavez,
Me venez dire : « Amy, qu'est ce qu'avez ! »
Mais le disant vous parlez mal apoinct,
Et m'est advis que plus tost vous debvez
Me demander : « Qu'est ce que n'avez point ? »

LXVI. *De Madamoyselle de la Fontaine* (1535).

En grand travail plein d'amour j'ay passé
Les montz trèsfroidz au partir d'Aquitaine ;

Mais leur froideur n'a de mon cueur chassé
La grand' ardeur de mon amour certaine ;
Quant au travail, bien je vous acertaine
Que incessamment y seray exposé
Jusques à tant qu'auprès de La Fontaine
A mon desir je me soys reposé.

LXVII. *A Coridon.*

La mesdisante ne fault croire,
Coridon, amy gracieux :
Je la congnois, c'est une noyre,
Noire faicte en despit des cieulx :
Si elle eust, pour la paindre mieulx,
Au bec une prune sauvage,
On diroit qu'elle auroit trois yeulx,
Ou bien trois prunes au visage.

LXVIII. *De Ouy et Nenny.*

Un doulx Nenny, avec un doulx soubrire,
Est tant honneste, il le vous fault apprendre :
Quand est d'Ouy, si veniez à le dire,
D'avoir trop dict je vouldroys vous reprendre ;
Non que je soys ennuyé d'entreprendre
D'avoir le fruict dont le desir me poinct ;
Mais je vouldrois qu'en le me laissant prendre
Vous me disiez : « Non, vous ne l'aurez point. »

LXIX. *Du convent des Blancz Manteaux.*

Les Blancz Manteaulx en leur convent
Ont faict rampart de longues selles,
Pour nuyre à ceulx qui vont souvent
Faire la court aux damoyselles.

Quand marys gardent leurs femelles,
Ilz ont droict, je m'en tais tout coy;
Mais ces cagotz sont jaloux d'elles :
Je sçaurois voulentiers pourquoy.

LXX. *D'entretenir damoyselles.*

JE ne sçaurois entretien appeller
Le deviser qui aucun fruict n'apporte ;
C'est le vray vent qui tost se perd en l'air,
Ou l'eau qui roide en aval se transporte.
L'oyseau gentil, sur le poing je le porte,
Après luy crie, à luy souvent j'entens,
Car de son vol rend mes espritz contens.
O donc, Amour, bel oyseau par les esles,
Apporte proye et donne passetemps,
Ou entretien (tout seul) tes damoyselles.

LXXI. *D'un poursuyvant en amours.*

JE sens en moy une flamme nouvelle,
Laquelle vient d'une cause excellente,
Qui tous les jours me dit et me revelle
Que demourer doy personne dolente.
O Amour plein de force violente,
Pourquoy as tu mon tourment entrepris?
    Approchez vous, belle qui m'avez pris:
Amour cruel vostre amy veult occire,
Et gaignera la bataille et le prix,
Si ne m'armez du bien que je desire.

LXXII. *A celle qui souhaita Marot aussi amoureux d'elle qu'un sien amy.*

ESTRE de vous autant que l'autre espris
Me seroit gloire, aymant en lieu si hault;

De l'autre part, il m'en seroit mal pris,
Quand d'y attaindre en moy gist le default.
J'ay dict depuis (cent foys, ou peu s'en fault)
O cueur qui veult mon malaise et mon bien,
Je t'ayme assez, ne souhayte combien ;
Et si tu dys que pareil d'amytié
Ne suis à l'autre, helas ! je le sçay bien,
Car j'ayme plus, mais c'est de la moytié.

LXXIII. *Du partement d'Anne* (1529).

Ou allez vous, Anne ? que je le sache,
Et m'enseignez avant que de partir
Comme feray, affin que mon œil cache
Le dur regret du cueur triste et martyr.
Je sçay comment, point ne fault m'advertir :
Vous le prendrez, ce cueur, je le vous livre,
L'emporterez pour le rendre delivre
Du dueil qu'auroit loing de vous en ce lieu ;
Et pour autant qu'on ne peult sans cueur vivre,
Me laisserez le vostre, et puis adieu.

LXXIV. *De Madame Ysabeau de Navarre.*

Qui cuyderoit desguiser Ysabeau
D'un simple habit, ce seroit grand'simplesse ;
Car au visage a ne sçay quoy de beau,
Qui faict juger tousjours qu'elle est princesse :
Soit en habit de chambriere ou maistresse,
Soit en drap d'or entier ou decouppé,
Soit son gent corps de toile enveloppé,
Tousjours sera sa beauté maintenue ;
Mais il me semble (ou je suis bien trompé)
Qu'elle seroit plus belle toute nue.

LXXV. *Pour une dame qui donna une teste de mort en devise.*

Puis que nos cueurs ne sont qu'un poinct lyé,
Et que d'amour nayfvement extreme
Je t'ay (amy) ce present dedié,
Je ne croy point qu'il ne soyt prins de mesme.
Tu y verras une mort triste et blesme,
Qui ne s'entend te melancolier ;
C'est que l'amour qui noz cueurs faict lyer
Jusque à la mort sera continuelle ;
Et si la mort ne faict rien oublier,
De mon costé sera perpetuelle.

LXXVI. *A la femme de Thomas Sevin.*

La mignonne de mon amy,
Bien fort à vous me recommande ;
Vous n'estes pas femme à demy ;
Hastez vous de devenir grande,
Grande par tout, car il demande
Entrer en la cité d'amours,
Se plaignant qu'il n'est qu'aux faubourgs ;
Peu de marys ainsi se deulent,
Mais vont disant (tout au rebours)
Qu'ilz y entrent plus qu'ilz ne veulent.

LXXVII. *Marot à ses disciples.*

Enfans, oyez une leçon :
Nostre langue a ceste façon
Que le terme qui va devant
Voluntiers regist le suyvant.
Les vieux exemples je suyvray

Pour le mieulx : car, à dire vray,
La chanson fut bien ordonnée
Qui dit : *M'amour vous ay donnée,*
Et du bateau est estonné
Qui dit : *M'amour vous ay donné.*
Voilà la force que possede
Le femenin, quand il precede.

    Or prouveray par bons tesmoings
Que tous pluriers n'en font pas moins;
Il fault dire en termes parfaictz :
Dieu en ce monde nous a faictz;
Fault dire en parolles parfaictes :
Dieu en ce monde les a faictes;
Et ne fault point dire en effect :
Dieu en ce monde les a faict,
Ne *nous a faict* pareillement,
Mais *nous a faictz,* tout rondement.

    L'italien, dont la faconde
Passe les vulgaires du monde,
Son langage a ainsi basty
En disant : *Dio noi a fatti.*

    Parquoy, quand me suis advisé,
Ou mes juges ont mal visé,
Ou en cela n'ont grand' science,
Ou ilz ont dure conscience.

LXXVIII. *Du beau Tetin* (1534).

Tetin refaict, plus blanc qu'un œuf,
Tetin de satin blanc tout neuf,
Tetin qui fais honte à la rose,
Tetin plus beau que nulle chose;
Tetin dur, non pas Tetin, voyre,
Mais petite boule d'ivoyre,
Au milieu duquel est assise

CLÉMENT MAROT, III.   3

Une freze, ou une cerise,
Que nul ne veoit, ne touche aussi,
Mais je gaige qu'il est ainsi.
Tetin donc au petit bout rouge,
Tetin qui jamais ne se bouge,
Soit pour venir, soit pour aller,
Soit pour courir, soit pour baller.
Tetin gauche, Tetin mignon,
Tousjours loin de son compaignon,
Tetin qui portes tesmoingnage
Du demourant du personnage.
Quand on te voit, il vient à maintz
Une envie dedans les mains
De te taster, de te tenir;
Mais il se fault bien contenir
D'en approcher, bon gré ma vie,
Car il viendroit une autre envie.

O Tetin ne grand ne petit,
Tetin meur, Tetin d'appetit,
Tetin qui nuict et jour criez :
« Mariez moy tost, mariez; »
Tetin qui t'enfles, et repoulses
Ton gorgias de deux bons poulses,
A bon droict heureux on dira
Celluy qui de laict t'emplira,
Faisant d'un Tetin de pucelle
Tetin de femme entiere et belle.

LXXIX. *Du layd Tetin* (1534).

Tetin qui n'as rien que la peau,
Tetin flac, Tetin de drappeau,
Grand' tetine, longue tetasse,
Tetin, doy je dire bezasse ?
Tetin au grand villain bout noir

Comme celluy d'un entonnoir;
Tetin qui brimballe à tous coups
Sans estre esbranlé ne secous,
Bien se peult vanter qui te taste
D'avoir mis la main à la paste.
Tetin grillé, Tetin pendant,
Tetin flestry, Tetin rendant
Villaine bourbe en lieu de laict,
Le diable te feit bien si laid.
Tetin pour trippe reputé,
Tetin, ce cuyde je, emprunté,
Ou desrobé en quelque sorte,
De quelque vieille chievre morte ;
Tetin propre pour en Enfer
Nourrir l'enfant de Lucifer.
Tetin boyau long d'une gaule,
Tetasse à jecter sur l'espaule,
Pour faire (tout bien compassé)
Un chapperon du temps passé;
Quand on te voit, il vient à maints
Une envie dedans les mains,
De te prendre avec les gans doubles
Pour en donner cinq ou six couples
De souffletz sur le nez de celle
Qui te cache soubz son esselle.
  Va, grand vilain Tetin puant,
Tu fournirois bien en suant
De civettes et de perfums
Pour faire cent mille deffuncts.
  Tetin de laydeur despiteuse,
Tetin dont nature est honteuse,
Tetin des vilains le plus brave,
Tetin dont le bout tousjours bave,
Tetin faict de poix et de glus ;
Bren, ma plume, n'en parlez plus,

Laissez le là, ventre sainct George,
Vous me feriez rendre ma gorge.

LXXX. *A Anne, pour lire ses Epigrammes.*

Anne, ma sœur, sur ces miens Epigrammes,
Jecte tes yeulx doulcement regardans;
Et en lisant, si d'amour ne t'enflammes,
A tout le moins ne mesprise les flammes
Qui pour t'amour luysent icy dedans.

LXXXI. *A Merlin de Sainct Gelais.*

Ta lettre, Merlin, me propose
Qu'un gros sot en rithme compose
Des vers par lesquelz il me poinct;
Tien toy seur qu'en rithme n'en prose
Celuy n'escrit aucune chose
Duquel l'ouvrage on ne lit point.

LXXXII. *A soy mesmes. De Madame Laure* (1536).

Si tu n'es pris, tu te pourrois bien prendre,
Cuydant louer ceste Laure invincible;
Laisse tout là; que veulx tu entreprendre?
Veulx tu monter un roc inaccessible?
Son noble sens et sa grace indicible
Ceste doulceur qui d'aymer sçait contraindre,
Et ses vertus, que mort ne peult estaindre,
Sont du povoir de Dieu si grans tesmoings,
Que tu ne peulx à sa louenge attaindre,
A son amour, helas! encores moins.

LXXXIII. *De la Royne de Navarre.*

ENTRE autres dons de graces immortelles,
Ma Dame escript si hault et doulcement,
Que je m'estonne en voyant choses telles
Qu'on n'en reçoit plus d'esbahissement.
  Puis quand je l'oy parler si sagement,
Et que je voy sa plume travailler,
Je tourne bride, et m'esbahy comment
On est si sot de s'en esmerveiller.

LXXXIV. *A Françoys, Daulphin de France* (1534).

CELUY qui a ce dizain composé,
Enfant Royal en qui vertu s'imprime,
Et qui à vous presenter l'a osé,
C'est un Clement, un Marot, un qui rithme:
Voicy l'ouvrier, l'art, la forge et la lime;
Si vous sentez n'en estre importuné,
Vous pouvez bien, Prince très-fortuné,
Vous en servir à dextre et à senestre,
Car vostre estoit avant que fussiez né;
Or, devinez maintenant qu'il peult estre.

LXXXV. *Pour Madamoyselle de Talard, au Roy.*

D'AMOUR entiere, et tout à bonne fin,
Sire, il te plaist trois poissons bien aymer:
Premierement, le bien heureux Daulphin,
Et le Chabot qui noue en ta grand' mer;
Puis ta Grenouille : ainsi t'a pleu nommer
L'humble Talard, dont Envie en gasouille,
Disant que c'est un poisson qui l'eau souille,

Et qui chantant a la voix mal seraine;
Mais j'ayme mieulx du Roy estre Grenouille
Qu'estre (en effect) d'un autre la Seraine.

LXXXVI. *De l'amour chaste* (1527).

Amoureux suis, et Venus estonnée
De mon amour, là où son feu default;
Car ma dame est à l'honneur tant donnée,
Tant est bien chaste et conditionnée,
Et tant cherchant le bien qui point ne fault,
Que de l'aymer autrement qu'il ne fault
Seroit un cas par trop dur et amer.
Elle est pourtant bien belle, et si le vault;
Mais quand je sens son cueur si chaste et hault,
Je l'ayme tant, que je ne l'ose aymer.

LXXXVII. *Epigramme qu'il perdit contre Heleine de Tournon.*

Pour un dixain que gaingnastes mardy,
Cela n'est rien, je ne m'en fais que rire,
Et fuz trèsaise alors que le perdy,
Car aussi bien je vous voulois escrire,
Et ne sçavois bonnement que vous dire,
Qui est assez pour se taire tout coy.
Or payez vous, je vous baille de quoy,
D'aussi bon cueur que si je le donnoye;
Que pleust à Dieu que ceulx à qui je doy
Fussent contens de semblable monnoye.

LXXXVIII. *La Royne de Navarre respond pour Tournon.*

Si ceulx à qui devez, comme vous dites,
Vous congnoissoient comme je vous congnois,

Quitte seriez des debtes que vous feistes
Le temps passé, tant grandes que petites,
En leur payant un Dixain toutesfoys,
Tel que le vostre, qui vault mieulx mille foys
Que l'argent deu par vous, en conscience ;
Car estimer on peult l'argent au poix
Mais on ne peult (et j'en donne ma voix)
Assez priser vostre belle science.

LXXXIX. *Réplique à la Royne de Navarre.*

Mes creanciers, qui de dixains n'ont cure,
Ont leu le vostre, et sur ce leur ay dict :
« Sire Michel, sire Bonaventure,
La sœur du Roy a pour moy faict ce dict. »
Lors eulx, cuydans que fusse en grand credit,
M'ont appelé Monsieur à cry et cor,
Et m'a valu vostre escript autant qu'or,
Car promis ont, non seulement d'attendre,
Mais d'en prester (foy de marchant) encor,
Et j'ay promis (foy de Clement) d'en prendre.

XC. *Du Roy et de Laure* (1536).

O Laure, Laure, il t'a esté besoing
D'aymer l'honneur et d'estre vertueuse,
Car François Roy sans cela n'eust prins soing
De t'honorer de tumbe sumptueuse
Ne d'employer sa dextre valureuse
A par escript ta louenge coucher ;
Mais il l'a faict, pour autant qu'amoureuse
Tu as esté de ce qu'il tient plus cher.

XCI. *Contre les jaloux* (1535).

De ceulx qui tant de mon bien se tourmentent
J'ay, d'une part, grande compassion ;
Puis me font rire en voyant qu'ilz augmentent
Dedans m'amye un feu d'affection,
Un feu lequel par leur invention
Cuydent estaindre. O la povre cautelle !
Ilz sont plus loing de leur intention
Qu'ilz ne vouldroient que je fusse loing d'elle.

XCII. *A une Dame touchant un faulx rapporteur* (1521).

Qui peche plus, luy qui est esventeur
Que j'ay de toy le bien tant souhaitable,
Ou toy qui fais qu'il est tousjours menteur,
Et si le peulx faire homme veritable,
Voyre qui peulx d'une œuvre charitable
En guerir trois, y mettant ton estude, :
Luy de mensonge inique et detestable,
Moy de langueur, et toy d'ingratitude ?

XCIII. *Pour une qui donna la devise d'un neud à un gentilhomme.*

Le neud jadis tant fort à desnouer
Fut en un coup d'Alexandre trenché ;
Et celuy neud que j'ay voulu nouer,
Peu à peu l'as à moytié destaché ;
Mais tu n'as sceu (et n'en sois point fasché)
L'autre moytié desnouer, ne parfaire
Ton œuvre empris : là ne sçauroient rien faire
Doigtz tant soient fortz, ne glaive plein d'esclan-
O gentil neud, pour te rompre et deffaire [dre :
La seule mort sera ton Alexandre.

XCIV. *A deux sœurs lyonnoises.*

Puis que vers les sœurs damoyselles
Il ne m'est possible d'aller,
Sus, dixain, courez devers elles :
Au lieu de moy vous fault parler ;
Dictes leur que me mettre à l'aer
Je n'ose, dont me poise fort,
Et que pour faire mon effort
D'aller visiter leurs personnes,
Je me souhaite estre aussi fort
Comme elles sont belles et bonnes.

XCV. *A une amye* (1528).

Si le loysir tu as avec l'envie
De me reveoir, ô ma jeune esperée,
Je te rendray bon compte de ma vie
Depuis qu'à toy parlay l'autre serée.
Ce soir fut court, mais c'est chose asseurée
Que tu m'en peulx donner un par pitié,
Lequel seroit de plus longue durée
Et sembleroit plus court de la moytié.

XCVI. *A Renée* (1536).

Amour vous a (dès le jour que fuz né)
De mon service ordinaire estrenée,
Et si ne fuz de vous onc estrené
Que de rigueur soubz parolle obstinée ;
Si vous supply, noble nymphe Renée,
Ce nouvel an parler nouvel langage,
Et tout ainsi qu'on voit changer d'année,
Vouloir changer envers moy de courage.

XCVII. *A Madamoyselle de la Roue.*

Painctres expers, vostre façon commune
Changer vous fault, plus tost huy que demain :
Ne paignez plus une Roue à Fortune ;
Elle a d'Amour pris le dard inhumain.
Amour aussi a pris la Roue en main,
Et des mortelz par ce moyen se joue.
O l'homme heureux, qui de l'Enfant humain
Sera poulsé au dessus de la Roue !

XCVIII. *De ladicte damoyselle.*

L'autre jour aux champs tout fasché
Vey un voleur se lamentant,
Dessus une Roue attaché.
Si luy ay dict en m'arrestant :
« Ton mal (povre homme) est bien distant
Du tourment qui mon cueur empestre ;
Car tu meurs sur la roue estant,
Et je meurs que je n'y puis estre. »

XCIX. *Pour une mommerie de deux hermites.*

LE PREMIER HERMITE.

Sçavez vous la raison pourquoy
Hors du monde je me retire
En un hermitage à recoy ?
Sans faulte je vous le veulx dire :
Celle que tant j'ayme et desire,
En lieu de me reconforter,
Toujours ce cul arriere tire ;
Le diable la puisse emporter.

L'AUTRE HERMITE.

Je m'en voys tout vestu de gris
En un boys ; là je me confine
Au monde aussi bien j'amaigris ;
M'amye est trop dure ou trop fine ;
Là vivray d'eau et de racine,
Mais, par mon ame, il ne m'en chault ;
Cela me sera medecine
Contre mon mal, qui est trop chauld.

C. *A la bouche de Diane* (1524).

Bouche de coral precieux,
Qui à baiser semblez semondre ;
Bouche qui d'un cueur gracieux
Sçavez tant bien dire et respondre,
Respondez-moy : doit mon cueur fondre
Devant vous, comme au feu la cyre ?
Voulez vous bien celuy occire
Qui crainct vous estre desplaisant ?
Ha ! bouche que tant je desire,
Dictes Nenny en me baisant.

CI. *D'une qui faisoit la longue.*

Quand je vous ayme ardantement,
Vostre beauté toute autre efface ;
Quand je vous ayme froidement,
Vostre beauté fond comme glace.
Hastez vous de me faire grace,
Sans trop user de cruaulté :
Car si mon amytié se passe,
A Dieu command vostre beauté.

CII. *A une qui luy feit chere par maniere d'acquict.*

Ne vous forcez de me cherer,
Chere ne quiert point violence ;
Mes vers vous veulent reverer,
Non obliger vostre excellence ;
Si mon amour et ma science
En vostre endroict n'ont sçeu valoir,
C'est à moy d'avoir patience,
Et à vous de ne vous chaloir.

CIII. *De Cupido et de sa dame* (1527).

Amour trouva celle qui m'est amere,
Et je y estois, j'en sçay bien mieulx le compte :
« Bon jour, dict il, bon jour, Venus, ma mere ; »
Puis tout à coup il veoit qu'il se mescompte,
Dont la couleur au visage luy monte,
D'avoir failly honteux Dieu sçait combien :
« Non, non, Amour, ce dy je, n'ayez honte :
Plus clersvoyans que vous s'y trompent bien. »

CIV. *De sa mere par alliance.*

Si mon poil noir en blanc se tainct,
Comment seroit-ce de vieillesse ?
Ma mere est en fleur de jeunesse,
Et n'est au monde un si beau tainct,
Car le sien tous autres estainct.
De la veoir faictes moy la grace,
Mais ne contemplez trop sa face,
Que d'aymer n'entriez en esmoy,
Et que sa rigueur ne vous face
Vieillir de langueur, comme moy.

CV. *De la duché d'Estampes.*

CE plaisant val que l'on nommoit Tempé,
Dont mainte hystoire est encor embellie,
Arrousé d'eaulx, si doulx, si attrempé,
Sçachez que plus il n'est en Thessalie :
Juppiter, roy qui les cueurs gaigne et lie,
L'a de Thessalle en France remué,
Et quelque peu son nom propre mué,
Car pour Tempé veult qu'Estampes s'appelle :
Ainsi luy plaist, ainsi l'a situé,
Pour y loger de France la plus belle.

CVI. *Du passereau de Maupas.*

LAS ! il est mort (pleurez le, damoyselles)
Le passereau de là jeune Maupas ;
Un autre oyseau, qui n'a plumes qu'aux esles,
L'a devoré : le congnoissez vous pas ?
C'est ce fascheux Amour, qui, sans compas,
Avecques luy se jectoit au giron
De la pucelle, et voloyt environ,
Pour l'enflamber et tenir en destresse ;
Mais par despit tua le passeron,
Quand il ne sçeut rien faire à la maistresse.

CVII. *Pour Monsieur de la Rochepot, qui gagea contre la Royne que le Roy coucheroit avecques elle.*

OR ça, vous avez veu le Roy :
Ay je gaigné, dictes, ma Dame ?
Toute seule je vous en croy,
Sans le rapport de luy ne d'ame ;
Vray est qu'au propos que j'entame

Le Roy serviroit bien d'un tiers.
Vous estes deux tesmoings entiers,
Car l'un est Dame et l'autre maistre:
Mais j'en croirois plus vouluntiers
Un enfant qui viendroit de naistre.

CVIII. *La Royne de Navarre, en faveur d'une Damoyselle.*

Il pensoit bien brusler son chaste cueur
Par doulx regards, par souspirs trèsardens,
Par un parler qui faict Amour vainqueur,
Par long servir, par signes evidens;
Mais il trouva une froideur dedens
Qui tous ses traictz convertissoit en glace;
Et qui pis est, par une doulce audace,
L'œil chaste d'elle le regarda si fort,
Que sa froydeur à travers son cueur passe,
Et meit son feu, Amour et luy à mort.

CIX. *Responce pour le gentilhomme.*

Ce seroit trop que la belle esmouvoir:
Le povre amant n'y a pensé ne pense;
Parler à elle, et la servir et veoir
Luy sont assez d'heureuse recompense,
Et confessant, noble fleur d'excellence,
Qu'elle l'a bien mis à mort voyrement;
Mais son amour et son feu vehement,
Chasteté d'œil ne les pourroit estaindre:
Car tant plus vit la dame chastement,
De tant plus croist le desir d'y attaindre.

CX. *A une Dame, pour l'aller voir* (1528).

ENDORMEZ bien Argus, qui a tant d'yeulx,
Et faictes tant que Danger se retire :
Duysans ne sont, mais par trop ennuyeux,
A qui aller vers sa dame desire.
Là vous pourray de bouche à loysir dire
Ce dont l'escript un mot n'ose parler;
Qu'en dictes.vous, Madame, y doy je aller?
Non, je y courray, mes emprises sont telles;
Comment! courir? Je y pourray bien voler,
Car j'ay d'Amour avecques moy les esles.

CXI. *De Charles, duc d'Orléans.*

NATURE estant en esmoy de forger
Ou fille ou filz, conceut finablement
Charles si beau, si beau, pour abreger,
Qu'estre faict fille il cuyda proprement;
Mais s'il avoit à son commandement
Quelque fillette autant comme luy belle,
Il y auroit à craindre grandement
Que trouvé fust plus masle que femelle.

CXII. *A une Dame aagée et prudente.*

NE pensez point que ne soyez aymable :
Vostre aage est tant de graces guerdonné
Qu'à tous les coups un printemps estimable
Pour vostre yver seroit abandonné ;
Je ne suis point Paris, juge estonné,
Qui faveur feit à beauté qui s'efface :
Par moy le prix à Pallas est donné,
De qui on veoit l'image en vostre face.

CXIII. *A Anne, qu'il songe de nuict.*

ANNE, ma sœur, d'ont me vient le songer
Qui toute nuict par devers vous me maine?
Quel nouvel hoste est venu se loger
Dedans mon cueur, et tousjours s'i pourmaine?
Certes je croy (et ma foy n'est point vaine)
Que c'est un Dieu. Me vient il consoler?
Ha! c'est Amour; je le sens bien voler.
Anne, ma sœur, vous l'avez faict mon hoste,
Et le sera, me deust il affoller,
Si celle là qui l'y meit ne l'en oste.

CXIV. *De Marguerite d'Alençon, sa sœur d'alliance* (1527).

UN chascun qui me faict requeste
D'avoir œuvres de ma façon,
Voyse tout chercher en la teste
De Marguerite d'Alençon.
Je ne fais dixain ne chanson,
Chant royal, ballade n'epistre,
Qu'en sa teste elle n'enregistre
Fidelement, correct et seur :
Ce sera mon petit registre,
Elle n'aura plus nom ma sœur.

CXV. *De sa Dame et de soy mesme* (1527).

DÈS que m'amye est un jour sans me veoir,
Elle me dict que j'en ay tardé quatre;
Tardant deux jours, elle dict ne m'avoir
Veu de quatorze, et n'en veult rien rabatre;
Mais pour l'ardeur de mon amour abatre,

De ne la veoir j'ay raison apparente.
Voyez, amans, nostre amour differente :
Languir la faiz quand suis loing de ses yeulx,
Mourir me faict quand je la voy presente :
Jugez lequel vous semble aymer le mieulx.

CXVI. *De Jane, princesse de Navarre* (1539).

Bien soit venue auprès de pere et mere
Leur fille unique et le chef d'œuvre d'eulx !
Elle nous trouve en douleur trop amere,
Voyant un Roy mal sain, las ! voyre deux;
Elle nous trouve un œil qui est piteux,
L'autre qui rit à sa noble venue;
Et comme on veoyt souvent l'obscure nue
Claire moytié par celestes rayons,
Ainsi nous est demy joye advenue;
Dieu doint qu'en bref entiere nous l'ayons.

CXVII. *De Madamoyselle Du Brueil.*

Jeune beauté, bon esprit, bonne grace,
Cent foys le jour je m'esbahy comment
Tous trois avez en un corps trouvé place
Si à propos et si parfaictement.
Celle à qui Dieu faict ce bon traictement
Doibt bien aymer le jour de sa naissance,
Et moy le soir qui fut commencement
De prendre à elle honneste congnoissance.

CXVIII. *Du conte de Lanyvolare.*

Le vertueux conte Lanyvolare,
Italien, droict à l'assault alla;
Trois foys navré, son bon sens ne s'esgare :
Trois foys remonte, et trois foys devalla;

Mais sa fortune enfin l'arresta là.

O gentil cueur (quand bien je te contemple)
Digne de Mars estre eslevé au temple,
Tu as vivant servy France aux dangers,
Et après mort sers encores d'exemple
De loyauté aux souldars estrangers.

CXIX. *De Albert, joueur de luz du Roy.*

Quand Orpheus reviendroit d'Elisée,
Du ciel Phebus, plus qu'Orpheus expert,
Ja ne seroit leur musique prisée
Pour le jourd'huy tant que celle d'Albert.
L'honneur d'ainesse est à eulx, comme appert;
Mais de l'honneur de bien plaire à l'ouyr,
Je dy qu'Albert par droict en doit jouyr,
Et qu'un ouvrier plus exquis n'eust sceu naistre
Pour un tel Roy que Françoys resjouyr,
Ne pour l'ouvrier un plus excellent maistre.

CXX. *D'Anne jouant de l'espinette* (1527).

Lors que je voy en ordre la brunette,
Jeune, en bon poinct, de la ligne des dieux,
Et que sa voix, ses doits et l'espinette
Meinent un bruyct doulx et melodieux,
J'ay du plaisir et d'oreilles et d'yeulx
Plus que les sainctz en leur gloire immortelle,
Et autant qu'eulx je deviens glorieux
Dès que je pense estre un peu aymé d'elle.

CXXI. *Pour Madame d'Orsonvilliers, au roy de Navarre* (1533).

J'ay joué rondement,
Sire, ne vous desplaise:

Vous m'avez finement
Couppé la queue, et raise;
Et puis que je m'en taise!
Jamais ne se feroit.
Mais seriez vous bien aise,
Qui vous la coupperoit?

CXXII. *A sa commere.*

PARDONNEZ moy, ma commere m'amye,
Si devers vous bien tost ne puis aller;
A bon vouloir certes il ne tient mye,
Car pour souvent avecques vous parler
De paradis je vouldrois devaller.
Que voulez vous? La fortune à present
Ne me permet de service estre exempt;
Mais maulgré elle en bref temps, qui trop dure,
Vous reverray, et si m'aurez present,
Ce temps pendant, de cueur et d'escripture.

CXXIII. *A Monsieur de Juilly.*

L'ARGENT par terme recueilly
Peu de prouffit souvent ameine:
Parquoy, Monseigneur de Juilly,
Qui sçavez le vent qui me meine,
Plaise vous ne prendre la peine
De diviser si peu de bien,
Car ma boëte n'est pas si pleine
Que cinq cens frans n'y entrent bien.

CXXIV. *Il convie trois poëtes à disner.*

DEMAIN que Sol veult le jour dominer,
Viens, Boissonné, Villas et la Perriere,

Je vous convie avec moy à disner;
Ne rejectez ma semonce en arriere:
Car en disnant, Phebus par la verriere
Sans la briser viendra veoir ses suppostz,
Et donnera faveur à noz propos,
En les faisans dedans noz bouches naistre.
Fy du repas qui en paix et repos
Ne sçait l'esprit avec le corps repaistre !

CXXV. *Du sire de Montmorency, connestable de France.*

MEUR en conseil, en armes redoubtable,
Montmorency, à toute vertu né,
En verité, tu es faict connestable,
Et par merite, et par ciel fortuné;
Dieu doint qu'en bref du glaive à toy donné
Tu faces tant par prouesse et bonheur,
Que cestuy là qui en fut le donneur
Par ton service ayt autant de puissance
Sur tout le monde en triumphe et honneur
Comme il t'en a donné dessus la France.

CXXVI. *D'un doulx baiser.*

CE franc baiser, ce baiser amyable,
Tant bien donné, tant bien receu aussi,
Qu'il estoit doulx! O beauté admirable,
Baysez moy donc cent foys le jour ainsi,
Me recevant dessoubz vostre mercy
Pour tout jamais, ou vous pourrez bien dire
Qu'en me donnant un baiser adoulcy
M'aurez donné perpetuel martyre.

CXXVII. *A Anne, luy declairant sa pensée.*

Puis qu'il vous plaist entendre ma pensée,
Vous la sçaurez, gentil cueur gracieux;
Mais, je vous pry, ne soyez offensée
Si en pensant suis trop audacieux.
  Je pense en vous et au fallacieux
Enfant Amour, qui par trop sottement
A faict mon cueur aymer si haultement,
Si haultement, helas ! que de ma peine
N'ose esperer un brin d'allegement,
Quelque doulceur de quoy vous soyez pleine.

CXXVIII. *A Jane.*

Vostre bouche petite et belle
Est de gracieux entretien,
Puis un peu son maistre m'appelle,
Et l'alliance je retien,
Car ce m'est honneur et grand bien;
Mais quand vous me prinstes pour maistre,
Que ne disiez vous aussi bien :
« Vostre maistresse je veulx estre ? »

CXXIX. *A la Royne de Navarre.*

Nous fusmes, sommes et serons
Mort et Malice et Innocence :
Le pas de mort nous passserons;
Malice est tousjours en presence;
Dieu en nostre premiere essence
Nous voulut d'Innocence orner;
O la mort pleine d'excellence,
Qui nous y fera retourner !

CXXX. *A Anne, du jour de saincte Anne.*

Puis que vous portez le nom d'Anne,
Il ne fault point faire la beste;
Dès aujourd'huy je vous condamne
A solenniser vostre feste,
Ou autrement tenez vous preste
De veoir vostre nom à néant;
Aussi pour vous trop doulx il sonne :
Veu la rigueur de la personne,
Un dur nom vous est mieulx séant.

CXXXI. *Des cerfz en rut, et des amoureux.*

Les cerfz en rut pour les bisches se battent,
Les amoureux pour les dames combattent,
Un mesme effect engendre leurs discordz :
Les cerfz en rut d'amours brament et crient,
Les amoureux gemissent, pleurent, prient,
Eulx et les cerfz feroient de beaulx accordz.
Amans sont cerfz à deux piedz soubz un corps,
Ceulx cy à quatre; et, pour venir aux testes,
Il ne s'en fault que ramures et cors
Que vous, amans, ne soyez aussi bestes.

CXXXII. *A Maurice Sceve, lyonnois.*

En m'oyant chanter quelques foys,
Tu te plains qu'estre je ne daigne
Musicien, et que ma voix
Merite bien que l'on m'enseigne,
Voyre, que la peine je preigne
D'apprendre : ut, re, my, fa, sol, la.

Que diable veulx tu que j'appreigne !
Je ne boy que trop sans cela.

CXXXIII. *Au poëte Borbonius.*

L'ENFANT Amour n'est pas si petit Dieu
Qu'un paradis il n'ait soubz sa puissance,
Un purgatoire aussi pour son milieu,
Et un enfer plein d'horrible nuysance :
Son paradis, c'est quand la jouyssance
Aux poursuyvans par grace il abandonne ;
Son purgatoire est alors qu'il ordonne
Paistre nos cueurs d'un espoir incertain,
Et son enfer, c'est à l'heure qu'il donne
Le voler bas, et le vouloir haultain.

CXXXIV. *Il salue Anne.*

DIEU te gard, doulce, amyable calandre,
Dont le chant faict joyeux les ennuyez ;
Ton dur depart me feit larmes espandre,
Ton doulx revoir m'a les yeulx essuyez.
Dieu gard le cueur sus qui sont appuyez
Tous mes desirs. Dieu gard l'œil tant adextre
Là où Amour a ses traictz essuyez ;
Dieu gard sans qui gardé je ne puis estre.

CXXXV. *Dialogue de luy et de sa Muse.*

MAROT.

MUSE, dy moy pourquoy à ma maistresse
Tu n'as sceu dire adieu à son depart.

LA MUSE.

Pource que lors je mouruz de destresse
Et que d'un mort un mot jamais ne part.

MAROT.

Muse, dy moy comment doncques Dieu gard
Tu luy peulx dire, ainsi par Mort ravie?

LA MUSE.

Va, povre sot, son celeste regard,
La revoyant, m'a redonné la vie.

CXXXVI. *D'une Dame de Normandie.*

Un jour la dame en qui si fort je pense
Me dit un mot, de moy tant estimé,
Que je ne puis en faire recompense
Fors de l'avoir en mon cueur imprimé.
Me dit avec un ris accoustumé :
« Je croy qu'il fault qu'à t'aymer je parvienne.»
Je luy respons : « Garde n'ay qu'il m'advienne
Un si grand bien, et si ose affirmer,
Que je devroys craindre que cela vienne,
Car j'ayme trop quand on me veult aymer. »

CXXXVII. *Response de ladicte Dame.*

Le peu d'amour qui donne lieu à craincte
Perdre vous faict le tant desiré bien,
Car par cela, amy, je suis contraincte
De revoquer le premier propos mien.
Ne vous plaingnez donc se vous n'avez rien
Ou si pour bien mal on vous faict avoir ;
Car qui pour bien pense mal recevoir,
Indigne il est d'avoir un seul bon tour,
Voyre de plus sa maistresse ne veoir,
Puis que la peur triumphe de l'amour.

CXXXVIII. *Replicque à ladicte Dame* (1527).

JE n'ay pas dict que je crains d'estre aymé:
J'ay dict sans plus que je devroys le craindre,
De peur d'entrer en feu trop allumé;
Mais mon desir ce devoir vient estaindre.
Car je vouldrois à ton amour attaindre,
Et tant t'aymer que j'en fusse en tourment;
Qui ne sçait donc Amour bendé bien paindre
Me vienne veoir, il apprendra comment.

CXXXIX. *De Anne qu'il ayme fort.*

JAMAIS je ne confesserois
Qu'amour d'Anne ne m'a sceu poindre;
Je l'ayme, mais trop l'aymerois
Quand son cueur au mien vouldroit joindre;
Si mon mal quiers, m'amour n'est moindre,
Ne moins prisé le Dieu qui vole;
Si je suis fol, Amour m'affolle,
Et vouldrois, tant j'ay d'amytié,
Qu'autant que moy elle fust folle,
Pour estre plus fol la moytié.

CXL. *Au Roy de Navarre.*

MON second Roy, j'ay une haquenée
D'assez bon poil, mais vieille comme moy
A tout le moins; long temps a qu'elle est née,
Dont elle est foible, et son maistre en esmoy;
La povre beste, aux signes que je voy,
Dit qu'à grand' peine ira jusqu'à Narbonne;
Si vous voulez en donner une bonne,
Sçavez comment Marot l'acceptera?

D'aussi bon cueur comme la sienne il donne
Au fin premier qui la demandera.

CXLI. *Du retour du Roy de Navarre.*

Laissons ennuy, Maison de Marguerite :
Nostre Roy s'est devers nous transporté ;
Quand il s'en va son aller nous despite;
Quand il revient, chascun est conforté.
Or vueille Dieu, s'il a rien apporté
Pour l'an nouveau à nostre souveraine,
Que soit un filz, duquel soit si tost pleine
Qu'au mesmes an pour nous puisse estre né,
A celle fin que d'une seule estreine
On puisse veoir tout un peuple estrené.

CXLII. *De Madame de Laval, en Daulphiné (1538).*

A l'approcher de la nouvelle année,
Nouvelle ardeur de composer m'a pris,
Non de la paix, ne de treve donnée,
Mais de Laval, noble dame de prix;
Sur ceste ardeur Craincte d'estre repris
M'a dict : « Marot, tais toy, pour ton devoir;
Car pour ce faire il te fauldroit avoir
Autant de mains, autant d'espritz et d'ames
Qu'il est de gens d'estime et de sçavoir
Tous estimans Laval entre les dames. »

CXLIII. *De l'entrée des Roy et Royne de Navarre à Cahors.*

Prenons le cas, Cahors, que tu me doives
Autant que doit à son Maro Mantue,

De toy ne veulx sinon que tu reçoyves
Mon second Roy d'un cueur qui s'esvertue,
Et que tu sois plus gaye et mieulx vestue
Qu'aux autres jours : car son espouse humaine
Y vient aussi, qui ton Marot t'amaine,
Lequel tu as filé, fait et tyssu :
Ces deux trop plus d'honneur te feront plaine
D'entrer en toy, que moy d'en estre yssu.

CXLIV. *Pour le may planté par les imprimeurs
de Lyon devant le logis du seigneur Trivulse.*
(1529.)

Au ciel n'y a ne planette ne signe
Qui si à poinct sceut gouverner l'année
Comme est Lyon la cité gouvernée
Par toy, Trivulse, homme cler et insigne.
Cela disons pour ta vertu condigne
Et pour la joye entre nous demenée
Dont tu nous as la liberté donnée,
La liberté, des tresors la plus digne.
Heureux vieillard, les gros tabours tonnans,
Le may planté, et les fiffres sonnans,
En vont louant toy et ta noble race.
Or pense donc que sont nos voulentez,
Veu qu'il n'est rien, jusque aux arbres plantez,
Qui ne t'en loue ou ne t'en rende grace.

CXLV. *A Madame de Pons.*

Vous avez droit de dire, sur mon ame,
Que le Bosquet ne vous pleust onc si fort :
Car dès qu'il a senty venir sa dame
Pour prendre en luy sejour et reconfort,
D'estre agréable a mis tout son effort,
Et a vestu sa verte robe neufve;

De ce sejour le Pau tout fier se treuve,
Les rossignolz s'en tiennent angeliques :
Et trouverez, pour en faire la preuve,
Qu'au departir seront melancoliques.

CXLVI. *A Renée de Partenay* (1535).

QUAND vous oyez que ma Muse resonne
En ce bosquet qu'oyseaulx font resonner,
Vous vous plaignez que rien je ne vous donne,
Et je me plains que je n'ay que donner,
Sinon un cueur, tout prest à s'addonner
A voz plaisirs : je vous en fais donc offre;
C'est le tresor le meilleur de mon coffre;
Servez vous en si desir en avez.
    Mais quel besoing est il que je vous offre
Ce que gaingner d'un chascun vous sçavez?

CXLVII. *Du moys de may et d'Anne* (1528).

MOYS amoureux, moys vestu de verdure,
Moys qui tant bien les cueurs fais esjouir,
Comment pourras, veu l'ennuy que j'endure,
Faire le mien de liesse jouir ?
Ne prez, ne champs, ne rossignolz ouyr
N'y ont pouvoir; quoy donc ? Je te diray ?
Tant seulement fays Anne resjouyr,
Incontinent je me resjouyray.

CXLVIII. *De son feu, et de celluy qui se print au Bosquet de Ferrare* (1535).

PUIS qu'au milieu de l'eau d'un puissant fleuve
Le vert Bosquet par feu est consumé,
Pourquoy mon cueur en cendre ne se treuve

Au feu sans eau que tu m'as allumé?
Le cueur est sec, le feu bien enflammé,
Mais la rigueur (Anne) dont tu es pleine
Le veoir souffrir a tousjours mieulx aymé
Que par la mort mettre fin à sa peine.

CXLIX. *Au Roy* (1530).

Tandis que j'estois par chemin,
L'estat sans moy print sa closture;
Mais (Sire) un peu de parchemin
M'en pourra faire l'ouverture;
Puis le tresorier dit et jure,
Si du parchemin puis avoir,
Qu'il m'en fera par son sçavoir
De l'or : c'est une grand practique,
Et ne l'ay encores sceu veoir
Dans les fourneaux du Magnifique.

CL. *A Monsieur Preud'homme, tresorier de l'Espargne.*

Va tost, Dixain, solliciter la somme :
J'en ay besoing; pourquoy crains et t'amuses?
Tu as affaire à un deux foys Preud'homme,
Grand' amateur d'Apollo et des Muses;
Affin (pourtant) que de s'amour n'abuses,
Parle humblement, que mon zele apperçoyve,
Et qu'en lisant quelque plaisir conçoyve.
Mais dequoy sert tant d'admonnestement?
Fais seulement que si bien te reçoive,
Que recevoir je puisse promptement.

CLI. *A Anne tencée pour Marot* (1528).

Puis que les vers que pour toy je compose
T'ont faict tencer, Anne, ma sœur, m'amye,
C'est bien raison que ma main se repose,
Ce que je fais : ma plume est endormie;
Encre, papier, la main pasle et blesmie,
Reposent tous par ton commandement;
Mais mon esprit reposer ne peult mye,
Tant tu me l'as travaillé grandement;
Pardonne donc à mes vers le tourment
Qu'ilz t'ont donné, et, ainsi que je pense,
Ilz te feront vivre eternellement :
Demandes tu plus belle recompense ?

CLII. *A deux jeunes hommes qui escrivoyent à sa louenge.*

Adolescens qui la peine avez prise
De m'enrichir de los non merité,
Pour en louant dire bien verité,
Laissez moy là, et louez moy Loyse.
    C'est le doulx feu dont ma Muse est esprise,
C'est de mes vers le droit but limité;
Haulsez la donc en toute extremité,
Car bien prisé me sens quand on la prise.
    Et n'enquerez de quoy louer la fault :
Rien qu'amytié en elle ne deffault;
J'y ay trouvé amytié à redire.
    Mais au surplus escrivez hardiment
Ce que vouldrez : faillir aucunement
Vous ne sçauriez, sinon de trop peu dire.

CLIII. *D'une mal mariée* (1527)

FILLE qui prend fascheux mary,
Ce disoit Alix à Colette,
Aura tousjours le cueur marry,
Et mieulx vauldroit dormir seulette.
Il est vray, dict sa sœur doulcette;
Mais contre un fascheux endormy
La vraye et certaine recepte,
Ce seroit de faire un amy.

CLIV. *A une portant bleu pour couleur.*

TANT que le bleu aura nom loyaulté,
Si on m'en croit, il vous sera osté;
J'entens osté sans jamais le vous rendre.
  Mais quand verrez conclud et arresté
Que bleu sera nommé legereté,
Vous le pourrez à l'heure bien reprendre.

CLV. *A Cravan, sien amy, malade.*

AMY Cravan, on t'a faict le rapport
Depuis un peu que j'estois trespassé;
Je prie à Dieu que le diable m'emport
S'il en est rien, ne si j'y ay pensé.
  Quelque ennemy a ce bruyt avancé,
Et quelque amy m'a dict que mal te portes :
Ce sont deux bruits de differentes sortes.
  Las ! l'un dict vray; c'est un bruit bien maus-
Quant à celuy qui a faict l'ambassade   [sade.
De mon trespas, croy moy qu'il ment et mort :
Que pleust à Dieu que tu fusses malade
Ne plus ne moins qu'à present je suis mort !

CLVI. *A Monsieur le duc de Ferrare* (1535).

QUAND la Vertu congneut que la Fortune
Me conseilloit habandonner la France,
Elle me dit : « Cherche terre opportune
Pour ton recueil et pour ton asseurance. »
Incontinent, Prince, j'euz esperance
Qu'il feroit bon devers toy se retraire,
Qui tous enfans de Vertu veulx attraire
Pour decorer ton palais sumptueux,
Et que plaisir ne prendrois à ce faire
Si tu n'estois toy mesme vertueux.

CLVII. *A ses amys, quand, laissant la Royne de Navarre, fut receu en la maison et estat de Madame Renée, duchesse de Ferrare* (1535).

MES amys, j'ay changé ma Dame;
Une autre a dessus moy puissance,
Née deux foys de nom et d'ame,
Enfant de Roy par sa naissance,
Enfant du ciel par congnoissance
De celuy qui la saulvera;
De sorte, quand l'autre sçaura
Comment je l'ay telle choisie,
Je suis bien seur qu'elle en aura
Plus d'aise que de jalousie.

CLVIII. *Huictain faict à Ferrare.*

DE ceulx qui tant de mon mal se tourmentent
J'ay d'une part grande compassion;
Puis je m'en ris en voyant qu'ilz augmentent
Dedans m'amye un feu d'affection,

Un feu lequel par leur invention
Cuydent estaindre. O la povre cautelle !
Ilz sont plus loing de leur intention
Qu'ilz ne vouldroient que je fusse loing d'elle.

CLIX. *A Monsieur Castellanus, evesque de Tules.*

Tu dis, Prelat : « Marot est paresseux;
De luy ne puis quelque grand' œuvre veoir. »
Fais tant qu'il ayt biens semblables à ceulx
Que Mecenas à Maro feit avoir,
Ou moins encor; lors fera son devoir
D'escrire vers en grand nombre et hault stile.
   Le laboureur sur la terre infertile
Ne pique beuf, ne charrue ne meine;
Bien est il vray que champ gras et utile
Donne travail; mais plaisante est la peine.

CLX. *A la ville de Paris* (1537).

Paris, tu m'as faict mainctz alarmes,
Jusque à me poursuyvre à la mort;
Je n'ay que blasonné tes armes :
Un ver, quand on le presse, il mord.
Encor la coulpe m'en remord;
Ne sçay de toy comment sera;
Mais de nous deux le diable emport
Celuy qui recommencera.

CLXI. *Pour le perron de Monseigneur le Daulphin, au tournoy des Chevaliers errans* (1541).

Icy est le Perron
D'amour loyalle et bonne,

CLÉMENT MAROT, III.   5

Où maint coup d'esperon
Et de glaive se donne.
Un chevalier royal
Y a dressé sa tente,
Et sert de cueur loyal
Une dame excellente
Dont le nom gracieux
N'est ja besoing d'escrire;
Il est escript aux cieulx,
Et de nuict se peult lire.
Cest endroict de forest
Nul chevalier ne passe
Sans confesser qu'elle est
Des dames l'oultrepasse.
S'il en doubte ou debat,
Point ne fault qu'il presume
S'en aller sans combat :
C'est au lieu la coustume.

CLXII. *Pour le perron de Monseigneur d'Orléans*
(1541).

Voicy le val des constans amoureux,
Où tient le parc l'amant chevalereux
Qui n'ayma onc, n'ayme et n'aymera qu'une.
D'icy passer n'aura licence aucune
Nul chevalier, tant soit preux et vaillant,
Si ferme Amour est en lui deffaillant.
S'il est loyal, et veult que tel se treuve,
Il luy convient lever pour son espreuve
Ce marbre nôir; et si pour luy trop poise,
Chercher ailleurs son advanture voyse.

CLXIII. *De Monsieur du Val, rresorier de l'Espargne.*

Toy, noble esprit qui veulx chercher les Muses,
En Parnassus (croy moy) ne monteras :
De les trouver sur le mont tu t'amuses,
Dont, si m'en crois, au Val t'arresteras :
Là d'Helicon la fontaine verras,
Et les neuf sœurs, Muses bien entendues,
Qui puis un peu (ainsi le trouveras)
Du mont Parnasse au Val sont descendues.

CLXIV. *Responce de Du Val.*

Toy, noble esprit, qui vouldras t'arrester
En aucun Val pour les neuf Muses veoir,
Et tous tes sens de nature apprester
Pour aucun fruict de leur science avoir,
Ne pense pas un tel bien recevoir
D'un Val en friche, où ces Sœurs ont trouvé
Nouveau vassal. Mais s'il est abreuvé
De la liqueur qui par Marot distile,
De Parnasus lors sera esprouvé
Combien tel mont peult un Val faire utile.

CLXV. *De Madame de l'Estrange.*

Celle qui porte un front cler et serain
Semblant un ciel où deux planettes luysent,
En entretien, grace et port souverain,
Les autres passe autant que argent l'erain,
Et tous ces poinctz à l'honorer m'induysent.
Les escrivains qui ses vertus deduysent
La nomment tous madame de l'Estrange;

Mais veu la forme et la beauté qu'elle a,
Je vous supply, compaignons, nommez la
Doresnavant Madame qui est ange.

CLXVI. *A l'Empereur.*

Lors que (Cesar) Paris il te pleut veoir,
Et que pour toy la ville estoit ornée,
Un jour devant il ne feit que pleuvoir,
Et lendemain claire fut la journée;
Si donc faveur du ciel te fut donnée,
Cela (Cesar) ne nous est admirable :
Car le ciel est, comme par destinée,
Tout coustumier de t'estre favorable.

CLXVII. *De Viscontin et de la Calendre du Roy.*

Incontinent que Viscontin mourut,
Son ame entra au corps d'une Calendre;
Puis de plein vol vers le Roy s'en courut,
Encor un coup son service reprendre;
Et pour mieulx faire à son maistre comprendre
Que c'est luy mesme, et qu'il est revenu,
Comme on l'ouyt parler gros et menu,
Contrefaisant d'hommes geste et faconde,
Ores qu'il est calendre devenu,
Il contrefaict tous les oyseaulx du monde.

CLXVIII. *D'un gros prieur.*

Un gros prieur son petit filz baisoit
Et mignardoit au matin en sa couche,
Tandis rostir sa perdrix on faisoit,
Se leve, crache, esmeutit et se mouche;
La perdrix vire : au sel de broque en bouche

La devora : bien sçavoit la science;
Puis quand il eut prins sur sa conscience
Broc de vin blanc, du meilleur qu'on eslise :
« Mon Dieu, dit il, donne moy patience;
Qu'on a de maulx pour servir saincte Eglise ! »

CLXIX. *De la ville de Lyon* (1538).

On dira ce que l'on vouldra
Du Lyon et sa cruaulté :
Tousjours, ou le sens me fauldra,
J'estimeray sa privaulté;
J'ay trouvé plus d'honnesteté
Et de noblesse en ce Lyon
Que n'ay pour avoir frequenté
D'autres bestes un million.

CLXX. *A une dont il ne pouvoit oster son cueur.*

Puis qu'il convient pour le pardon gaingner
De tous pechez faire confession,
Et pour d'enfer l'esperit esloingner
Avoir au cueur ferme contrition,
Je te supply, fais satisfaction
Du povre cueur qu'en peine tu retiens,
Ou si le veulx en ta possession,
Confesse donc mes pechez et les tiens.

CLXXI. *A Pierre Marrel, le remerciant d'un
cousteau.*

Ton vieil cousteau, Pierre Marrel, rouillé,
Semble ton vit, jà retraict et mouillé;
Et le fourreau tant laid où tu l'engaines,
C'est que tousjours as aymé vieilles gaines;

Quant à la corde à quoy il est lyé,
C'est que attaché seras, et maryé.
Au manche aussi, de corne, congnoit on
Que tu seras cornu comme un mouton :
Voylà le sens, voylà la prophetie
De ton cousteau, dont je te remercie.

CLXXII. *A Geoffroy Bruslard.*

Tu painctz ta barbe, amy Bruslard; c'est signe
Que tu vouldrois pour jeune estre tenu;
Mais on t'a veu nagueres estre un cigne,
Puis tout à coup un corbeau devenu.
Encor le pis qui te soit advenu,
C'est que la Mort, plus que toy fine et sage,
Congnoist assez que tu es tout chenu,
Et t'ostera ce masque du visage.

CLXXIII. *De Martin et de Catin.*

Catin veult espouser Martin :
C'est faict en trèsfine femelle ;
Martin ne veult point de Catin :
Je le trouve aussi fin comme elle.

CLXXIV. *De Alix et de Martin.*

Martin estoit dedans un boys taillis
Avec Alix, qui par bonne maniere
Dit à Martin : « Le long de ce pallis
T'amye Alix d'amour te faict priere. »
Martin dit lors : « S'il venoit par derriere
Quelque lourdault, ce seroit grand vergongne;
—Du cul (dit ell') vous ferez signe : « Arriere :
Passez chemin, laissez faire besongne. »

CLXXV. *Des Poëtes françoys, à Salel.*

DE Jean de Mehun s'enfle le cours de Loire;
En maistre Alain Normandie prend gloire,
Et plaint encor mon arbre paternel;
Octavian rend Cognac eternel;
De Moulinet, de Jean le Maire et Georges
Ceulx de Haynault chantent à pleines gorges;
Villon, Cretin, ont Paris decoré;
Les deux Grebans ont le Mans honnoré;
Nantes la Brette en Meschinot se baigne;
De Coquillart s'esjouyt la Champaigne;
Quercy, Salel, de toy se vantera,
Et (comme croy) de moy ne se taira.

CLXXVI. *D'un cheval et d'une dame.*

SI j'ay comptant un beau cheval payé,
Il m'est permis de dire qu'il est mien,
Qu'il ha beau trot, que je l'ay essayé;
En ce faisant cela me faict grand bien.
    Donques si j'ay payé comptant et bien
Celle qui tant soubz moy le cul leva,
Il m'est permis de vous dire combien
Elle me couste, et quel emble elle va.

CLXXVII. *D'une Dame desirant veoir Marot.*

AINS que me veoir, en lisant mes escripts
Elle m'ayma, puis voulut veoir ma face:
Si m'a veu noir, et par la barbe gris,
Mais pour cela ne suis moins en sa grace.
    O gentil cueur, nymphe de bonne race,
Raison avez; car ce corps jà grison

Ce n'est pas moy, ce n'est que ma prison,
Et aux escriptz dont lecture vous feistes,
Vostre bel œil (à parler par raison)
Me veit trop mieux qu'à l'heure que me veistes.

CLXXVIII. *A une Dame de Lyon* (1528).

Sus, lettre, faictes la petite
A la brunette Marguerite.

Si le loysir tu as avec l'envie
De faire un tour icy près seulement,
Je te rendray bon compte de ma vie
Depuis le soir qu'euz à toy parlement :
Ce soir fut court, mais je sçay seurement
Que tu en peulx donner un par pitié
Qui dureroit dix foys plus longuement,
Et sembleroit plus court de la moytié.

CLXXIX. *Responce par ladicte Dame.*

*Lettre, saluez humblement
De Maro le seul filz Clement.*

*Quand tu vouldras, le loysir et l'envie
Dont me requiers sera bien tost venue,
Et de plaisir seray toute ravie,
Lors me voyant de toy entretenue.
Le souvenir de ta grace congnue
Du soir auquel j'euz à toy parlement,
Souvent me faict par amour continue
Avoir desir de recommencement.*

CLXXX. *A Monsieur Crassus, qui luy vouloit amasser deux mil escus.*

Cesse, Crassus, de fortune contraindre,
Qui grand tresor ne veult m'estre ordonné ;

Suffise tóy qu'elle ne peult estaindre
Ce nom, ce bruit, que vertu m'a donné.
C'est à Françoys, ce grand Roy couronné,
A m'enrichir. Quant aux escus deux mille
Que m'assembler ne trouves difficile
D'autant d'amys, en verité je tien
Qu'il n'y a chose au monde plus facile,
Si tous avoient semblable cueur au tien.

B. *Epigrammes tirées de l'édition de* 1596.

I. Epigrammes diverses.

CLXXXI. *Au Roy, pour estre remis en son estat.* (1537).

Si le Roy seul, sans aucun y commettre,
Met tout l'estat de sa maison à point,
Le cueur me dit que luy qui m'y fit mettre
M'y remettra, et ne m'ostera point;
Crainte d'oubli pourtant au cueur me point,
Combien qu'il ait la memoire excellente,
Et n'ai pas tort, car si je perds ce point,
A Dieu commant le plus beau de ma rente;
Or doncques soit sa majesté contente
De m'y laisser en mon premier arroy,
Soit de sa chambre, ou sa loge, ou sa tente,
Ce m'est tout un, mais que je sois au Rey.

CLXXXII. *Au Roy.*

Si mon seigneur, mon prince et plus que pere,
Qui des Françoys Françoys premier se nomme,
N'estoit point Roy de sa France prospere,
Ne prince avec, mais simple gentilhomme,
J'irois autant dix fois par delà Romme

Que j'en suis loing, chercher son accointance,
Pour sa vertu, qui plus fort le couronne
Que sa fortune et royalle prestance.
Mais souhaitter cas de telle importance
Seroit vouloir mon bien particulier,
A luy dommage, et tort fait à la France,
Qui a besoin d'un Roy tant singulier.

CLXXXIII. *De la convalescence du Roy* (1537).

Roy des François, François premier du nom,
Dont les vertus passent le grand renom,
Et qui en France en leur entier ramaines
Tous les beaux arts et sciences romaines,
O de quel grand benefice, estendu
De Dieu sur nous, à nous il t'a rendu,
Qui, pour accès de fievre longue et grosse,
Avois desjà le pied dedans la fosse !
Ja te pleuroit France de cœur et d'œil;
Ja pour certain elle portoit le dueil;
Mais Mort, qui fit de toy si grans approches,
Jamais ne sceut endurer nos reproches,
Et t'a rendu, par grand despit, à nous,
Dont devant Dieu nous ployons les genoux.
    Ainsi tu sçais combien par faux alarmes
La mort a faict pour toy jetter des larmes.
Et si te peulx vanter en verité
De succeder à ta posterité,
Et d'estre Roy après ton successeur,
Car jà pour Roy le tenions pour tout seur.
    Vy donc, François, ainsi que d'une vie
D'entre les mains des trois Parques ravie;
Pren les plaisirs et biens qui s'envoloient
Et qui de toy desrobber se vouloient.
Que Dieu te doint venir tout bellement

Au dernier poinct naturel, tellement
Que de la vie en ce poinct retournée
Ne puisses perdre une seule journée.

CLXXXIV. *Dixain au Roy, envoyé de Savoye* (1543).

Lors que la peur aux talons met des aisles,
L'homme ne sçait où s'enfuir ne courre ;
Si en enfer il sçait quelques nouvelles
De sa seurté, au fin fons il se fourre ;
Puis peu à peu sa peur vient à escourre,
Ailleurs s'en va. Sire, j'ay faict ainsi,
Et vous requier de permettre qu'icy
A seureté service je vous face ;
Puny assez je seray en soucy
De plus ne veoir vostre royale face.

CLXXXV. *Du retour de Tallard à la Court.*

Puis que voyons à la court revenue
Tallard, la fille à nulle autre seconde,
Confesser faut par sa seule venue
Que les esprits reviennent en ce monde :
Car rien qu'esprit n'est la petite blonde,
Esprit qui point aux autres ne ressemble,
Veu que de peur s'ilz reviennent on tremble,
Mais cestui ci n'espouvante ne nuit.
O esprit donc, bon feroit, ce me semble,
Avecques toy rabbater toute nuict.

CLXXXVI. *Pour le Roy de Navarre.* (*Reponse à l'Epigramme* CXXI.)

Si la queue ay couppée
Au jeu si nettement,

Point ne vous ay trompée:
J'ay joué rondement;
Aussi honnestement
Faisons marché qui tienne:
Pour jouer finement,
Je vous preste la mienne.

CLXXXVII. *A M. L. D. D. F., luy estant en Italie. Sonnet* (1536).

ME souvenant de tes graces divines,
Suis en douleur, princesse, en ton absence;
Et si languis quand suis en ta presence,
Voyant ce lis au milieu des espines.
O la douceur des douceurs femenines,
O cœur sans fiel, ô race d'excellence,
O dur mari rempli de violence,
Qui s'endurcit par les choses benignes!
Si seras tu de la main soustenue
De l'Eternel, comme chere tenue,
Et les nuysans auront honte et reproche.
Courage donc : en l'air je voy la nue,
Qui çà et là s'escarte et diminue,
Pour faire place au beau temps qui approche.

CLXXXVIII. *Salutation du camp de Monsieur d'Anguien, à Cerisoles* (1544).

SOIT en ce camp paix pour mieux faire guerre:
Dieu doint au chef suitte de son bon heur,
Aux chevaliers desir de los acquerre,
Aux pictons profit joint à l'honneur,
Tout aux despens et au grand deshonneur
De l'ennemy. S'il se jecte en la plaine,
Soit son cœur·bas, son entreprinse vaine.

Pouvoir en vous de le vaincre et tuer,
Et à Marot occasion et veine
De par escrit vos noms perpetuer.

MOMMERIE DE QUATRE JEUNES DAMOISELLES
FAITE DE MADAME DE ROHAN, A ALENÇON.

CLXXXIX. *La premiere portant des esles.*

PRENEZ en gré, princesse, les bons zelles
De l'entreprinse aux quatre damoiselles,
Dont je me tien des plus petites l'une;
Mais toutesfois entendez par ces esles
Qu'à un besoing pour vous avecques elles
J'entreprendrois voler jusqu'à la lune.

CXC. *La premiere vestue de blanc.*

POUR resjouyr vostre innocent
Avons prins habit d'innocence;
Vous pourriez dire qu'il ne sent
Rien encor de resjouyssance;
Mais, Madame, s'il a puissance
De sentir mal, quand mal avez,
Pourquoy n'aura il jouyssance
Des plaisirs que vous recevez.

CXCI. *La seconde portant des esles.*

MADAME, ces esles icy
Ne montrent faute de soucy,
Ne trop de jeunesse frivole;
Elles vous declarent pour moy
Que quand vous estes hors d'esmoy,
Je vay, je vien, mon cueur s'envole.

CXCII. *La seconde vestue de blanc.*

Lʜᴀʙɪᴛ est blanc, le cœur noir ne fut onques:
Prenez en bien, noble princesse, donques
Ce passetemps de nostre invention;
Car, n'en desplaise à la melancolie,
Soy resjouyr n'est peché ny folie,
Sinon à gens de male intention.

CXCIII. *Pour la jeune.*

Rᴇᴄᴇᴠᴇᴢ en gré la boursette
Ouvrée de mainte couleur;
Vouluntiers en don de fillette,
On ne regarde en la valeur.
J'auray grand plaisir avec heur
S'il est prins de volonté bonne,
Car je le donne de bon cœur,
Et le cœur mesmes je vous donne.

CXCIV. *Pour l'aisnée.*

Cʼᴇsᴛ un don faict d'un cœur pour vous tout né,
C'est de la main à vous toute adonnée ;
Bref, c'est un don lequel vous est donné
De celle là que l'on vous a donnée,
Voyre donné d'amour bien ordonnée,
Parquoy mieulx prins sera, comme je pense;
Si le don plait, me voila guerdonnée;
Amour ne veut meilleure recompense.

CXCV. *A un jeune escolier docte, griefvement malade.*

Cʜᴀʀʟᴇs, mon filz, prenez courage :
Le beau temps vient après l'orage,

Après maladie santé;
Dieu a trop bien en vous planté
Pour perdre ainsi son labourage.

CXCVI. *Contre l'inique, à Antoine du Moulin, masconnois, et Claude Galland* (1543).

Fuyez, fuyez (ce conseil je vous donne),
Fuyez le fol qui à tout mal s'adonne,
Et dont la mere en mal jour fut enceinte;
Fuyez l'infame inhumaine personne
De qui le nom si mal cimbale et sonne
Qu'abhorré est de toute oreille saincte;
Fuyez celuy qui sans honte ne crainte
Conte tout haut son vice hors d'usance,
Et en fait gloire et y prend sa plaisance;
Qui s'aymera ne le frequente donc.
O malheureux de perverse naissance,
Bien heureux est qui fuit ta cognoissance,
Et plus heureux qui ne te cogneut onc !

CXCVII. *Aux amateurs de la sainte Escriture.*

Bien peu d'enfans on trouve qui ne gardent
Le testament que leur pere a laissé,
Et qui dedans de bien près ne regardent,
Pour veoir comment il l'a faict et dressé.
   O vous, enfans, à qui est adressé
Ce Testament de Dieu nostre bon pere
Affin qu'à l'œil son vouloir vous appere,
Voulez vous point le lire volontiers?
C'est pour le moins, et plus de vous j'espere,
Comme de vrays celestes heritiers.

CXCVIII. *Sur le dit d'un Theologien.*

De la Sorbonne un docteur amoureux
Disoit un jour à sa dame rebelle,
Ainsi que font tous autres langoureux :
« Je ne puis rien meriter de vous, belle. »
Puis nous prescha que la vie eternelle
Nous meritions par œuvres et par dits.
Arguo sic, si magister Lourdis
De sa Catin meriter ne peut rien,
Ergo ne peut meriter paradis,
Car pour le moins paradis la vaut bien.

CXCIX. *Sur l'ordonnance que le Roy fit de bastir à Paris avec proportion.*

Le Roy, aymant la decoration
De son Paris, entr'autres biens ordonne
Qu'on y bastisse avec proportion,
Et pour ce faire argent et conseil donne;
Maison de Ville y construit belle et bonne,
Les lieux publics devise tous nouveaux,
Entre lesquelz au milieu de Sorbonne
Doit, ce dit on, faire la Place aux veaux.

CC. *De frere Thibaut.*

Frere Thibaut pour soupper en caresme
Fait tous les jours sa lamproye rostir,
Et puis avec une couleur fort blesme,
En pleine chaire il nous vient advertir
Qu'il jeune bien, pour sa chair amortir,
Tout le caresme en grand devotion,
Et qu'autre chose il n'ha, sans point mentir,
Qu'une rotie à sa colation.

CCI. *Du lieutenant criminel de B.*

Un lieutenant vuydoit plus volontiers
Flascons de vin, tasses, verres, bouteilles,
Qu'il ne voyoit procès, sacs, ou papiers
De contredits, ou cautelles pareilles;
Et je luy di : « Teste digne d'oreilles
De pampre vert, pourquoy as fantasie
Plus à t'emplir de vin et malvoisie
Qu'en bien jugeant acquerir los et gloire?
—D'espices, dist la face cramoysie,
Friand je suis, qui me cause de boire. »

CCII. *A Madame de la Barme, près de Necy en Genevois* (1543).

Adieu ce bel œil tant humain,
Bouche de bon propos armée,
D'ivoire la gorge et la main,
Taille sur toutes bien formée.
    Adieu douceur tant estimée,
Vertu à l'ambre ressemblant;
Adieu de celui mieux aimée
Qui moins en monstra de semblant.

CCIII. *De la fille de Vaugourt.*

Vaugourt, parmy sa domestique bande,
Voyant sa fille Augustine jà grande,
S'attendoit bien de brief un gendre avoir,
Et enfans d'elle aggréables à voir,
Qui lui rendroient sa vieillesse contente.
Or a perdu sa fille et son attente,
Et luy a prins la Mort par un trespas
Ce qu'il avoit et ce qu'il n'avoit pas.

CLÉMENT MAROT, III.   6

CCIV. *D'Ysabeau, à Estienne Clavier* (1525)

Ysabeau, ceste fine mouche,
Clavier, tu entens bien Clement,
Je sçai que tu scez qu'elle est louche,
Mais je te veux dire comment :
Elle l'est si horriblement,
Et de ses yeux si mal s'acoutre,
Qu'il vaudroit mieux, par mon serment,
Qu'elle fust aveugle tout outre.

CCV. *De Nenny.*

Nenny desplait et cause grand soucy
Quand il est dit à l'amy rudement;
Mais quand il est de deux yeux adoucy
Pareils à ceux qui causent mon tourment,
S'il ne raporte entier contentement,
Si monstre il bien que la langue pressée
Ne respond pas le plus communement
De ce qu'on dict avecques la pensée.

CCVI. *D'un Ouy.*

Un Ouy mal accompagné
Ma triste langue profera,
Quand mon cœur, du corps eslongné,
Du tout à vous se retira.
Lors à ma langue demoura
Ce seul mot, comme triste : Ouy;
Mais si mon cœur plus resjouy
Avoit sur vous ce point gaigné,
Croyez que dirois un Ouy
Qui seroit mieux accompagné.

CCVII. *A Anne.*

Le cler soleil par sa presence efface
Et fait fuir les tenebreuses nuits;
Ainsi pour moy (Anne) devant ta face
S'en vont fuyans mes langoureux ennuis.
    Quand ne te voy tout ennuyé je suis;
Quand je te voy je suis bien d'autre sorte.
Dont vient cela? Sçavoir je ne le puis,
Si n'est d'amour, Anne, que je te porte.

CCVIII. *Huictain* (1527).

J'ay une lettre entre toutes eslite;
J'ayme un pays et ayme une chanson;
N'est la lettre en mon cœur bien escrite,
Et le pays est celuy d'Alençon;
La chanson est (sans en dire le son) :
Allegez moy, douce plaisant' Brunette:
Elle se chante à la vieille façon;
Mais c'est tout un, la Brunette est jeunette.

CCIX. *A Anne* (1528).

L'heur ou malheur de vostre cognoissance
Est si douteux en mon entendement,
Que je ne sçai s'il est en la puissance
De mon esprit en faire jugement;
Car si c'est heur, je sçay certainement
Qu'un bien est mal quand il n'est point durable;
Si c'est malheur, ce m'est contentement
De l'endurer pour chose si louable.

CCX. *De sa Maistresse* (1525).

Quand je voy ma maistresse.
Le clair soleil me luict ;
S'ailleurs mon œil s'adresse,
Ce m'est obscure nuict,
Et croy que sans chandelle
A son lict à minuict
Je verrois avec elle.

CCXI. *D'Annette et Marguerite.*

Ces jours passez je fus chez la Normande,
Où je trouvay Annette et Marguerite :
Annette est grasse, en bon point, belle et grande ;
L'autre est plus jeune et beaucoup plus petite.
Annette assez m'embrasse et sollicite ;
Mais Marguerite eut de moy son plaisir.
La grande en fut, ce croy je, bien despite,
Mais de deux maux le moindre on doit choisir.

CCXII. *A une Dame de Piedmont, qui refusa six escus de Marot pour coucher avec elle, et en vouloit avoir dix* (1544).

Madame, je vous remercie
De m'avoir esté si rebourse :
Pensez vous que je m'en soucie,
Ne que tant soit peu m'en courrousse ?
Nenny, non ; et pourquoy ? et pource
Que six escuz sauvez m'avez,
Qui sont aussi bien en ma bourse
Que dans le trou que vous sçavez.

CCXIII. *De soy mesme* (1537).

PLUS ne suis ce que j'ay esté,
Et ne le sçaurois jamais estre;
Mon beau printemps et mon esté
Ont fait le saut par la fenestre.
Amour, tu as esté mon maistre :
Je t'ai servi sur tous les dieux.
O si je pouvois deux fois naistre,
Comme je te servirois mieulx !

CCXIV. *Response au precedent.*

NE menez plus tel desconfort :
Jeunes ans sont petites pertes;
Vostre aage est plus meur et plus fort
Que ces jeunesses mal expertes.
Boutons serrez, roses ouvertes,
Se passent trop legerement;
Mais du rosier les fueilles vertes
Durent beaucoup plus longuement.

CCXV. *Sur le mesme propos.*

POURQUOY voulez vous tant durer,
Ou renaistre en fleurissant aage ?
Pour pecher et pour endurer ?
Y trouvez vous tant d'avantage ?
Certes, celuy n'est pas bien sage
Qui quiert deux fois estre frappé,
Et veut repasser un passage
Dont il est à peine eschappé.

CCXVI. *D'une vieille dame fort pasie et d'un vieil gentilhomme.*

Une dame du temps passé
Vi nagueres entrerenuc
D'un vieil gentilhomme cassé,
Qui avoit la barbe chenue :
Alors la souhaittastes nue
Entre ses bras. Mais puis qu'il tremble,
Et puis que morte elle ressemble,
Monsieur, si pitié vous remord.
Ne les faictes coucher ensemble,
De peur qu'ilz n'engendrent la mort.

CCXVII. *De la jalousie d'un maistre sur son serviteur.*

Malheureux suis, ou à malheureux maistre,
Qui tant de fois sur moy a desiré
Qu'auprès de luy sa déesse peust estre,
Par qui longtemps amour l'a martyré.
Or elle y est. Mais ce Dieu a tiré
Dedans son cœur autre flesche nouvelle;
Mon maistre (helas !) voyez chose cruelle,
Car d'un costé vostre desir m'advient;
De l'autre non, car je porte avec elle
Un autre amy qui vostre place tient.

CCXVIII. *De Robin et Catin.*

Un jour d'yver, Robin tout esperdu
Vint à Catin presenter sa requeste,
Pour desgeler son chose morfondu,
Qui ne pouvoit quasi lever la teste;

Incontinent Catin fut toute preste;
Robin aussi prend courage et s'accroche :
On se remue, on se joue, on se hoche,
Puis quand ce vint au naturel debvoir :
« Ha ! dit Catin, le grand desgel s'approche !
— Voyre, dit il, car il s'en va pleuvoir. »

II. Epigrammes imitées de Martial. (Voyez aussi les
Epigrammes L, LXXXI, CLIX, CLXXII, CLXXIII, CLXXV.)

CCXIX. AD CÆSAREM. (Lib. VIII, Epig. LIV.)

*Magna licet toties tribuas, majora daturus
Dona, ducum victor, victor et ipse tui.
Diligeris populo non propter præmia, Cæsar
Propter te populus præmia, Cæsar, amat.*

Au Roy.

Quoyque souvent tu fasses d'un grand cœur
Dons bien sentans ta royauté supreme,
D'en faire encor bien t'attens, o vainqueur
Des cœurs de tous, et vainqueur de toy mesme:
Chascun, pour vray, te porte amour extreme,
Non pour tes dons avenir ou presens;
Mais au rebours, Roy, l'honneur d'Angoulesme,
Pour ton amour on aime tes presens.

CCXX. DE CATELLA PUBLII. (Lib. I, Epig. CX.)

Ipsa est passere nequior Catulli, etc.

De la chienne de la Royne Eleonor.

Mignonne est trop plus affettée,
Plus fretillant, moins arrestée,
Que le passeron de Maupas:

Cinquante pucelles n'ont pas
La mignardie si friande.
   Mignonne nasquit aussi grande
Quasy comme vous la voyez.
   Mignonne vaut (et m'en croyez)
Un petit tresor : aussi est ce
Le passe temps et la liesse
De la Royne, à qui si fort plaist,
Que de sa belle main la paist.
   Mignonne est la petite chienne,
Et la Royne est la dame sienne.
Qui l'orroit plaindre aucunesfoys,
On gageroit que c'est la voix
De quelque dolente personne,
Et a bien cet esprit Mignonne
De sentir plaisir et esmoy
Aussi bien comme vous et moy.
   La Royne en sa couche parée
Luy a sa place preparée,
Et dort la petite follastre
Dessus la gorge d'allebastre
De sa dame, si doulcement
Qu'on ne l'oyt souffler nullement.
Et si pisser veut d'avanture,
Ne gaste draps ny couverture,
Mais sa maistresse gratte, gratte,
Avecques sa flatteuse patte,
L'advertissant qu'on la descende,
Qu'on l'essuye, et puis qu'on la rende
En sa place, tant est honneste
Et nette la petite beste.
Le jeu d'amours n'a esprouvé,
Car encores n'avons trouvé
Un mari digne de se prendre
A une pucelle si tendre.

Or affin que du tout ne meure
Quand de mourir viendra son heure,
Sa maistresse en un beau tableau
L'a fait paindre à Fontainebleau
Plus semblable à elle (ce semble)
Qu'elle mesme ne se ressemble.
Et qui Mignonne approchera
De sa painture, il pensera
Que toutes deux vivent sans fainte,
Ou bien que l'une et l'autre est painte.

CCXXI. DE FORMICA ELECTRO INCLUSA. (Lib. VI, Epig. xv.)

Dum Phaëtontæa formica vagatur in umbra, etc.

De la Formis enclose en de l'Ambre.

Dessous l'arbre où l'ambre degoutte
La petite formis alla :
Sur elle en tomba une goutte,
Qui tout à coup se congela,
Dont la fourmis demoura là
Au milieu de l'ambre enfermée.
   Ainsi la beste desprisée,
Et peu prisée quand vivoit,
Est à sa mort fort estimée,
Quand si beau sepulchre on luy voit.

CCXXII. AD JULIUM MARTIALEM. (Lib X, Epig. xLVII.)

Vitam quæ faciunt beatiorem, etc.

De soy mesme.

Marot, voici, si tu le veux savoir,
Qui fait à l'homme heureuse vie avoir:

Successions, non biens acquiz à peine,
Feu en tout temps, maison plaisante et saine,
Jamais procès, les membres bien dispos,
Et au dedans un esprit à repos ;
Contraire à nul, n'avoir aucuns contraires;
Peu se mesler des publiques affaires;
Sage simplesse, amys à soy pareilz,
Table ordinaire et sans grans appareilz;
Facilement avec toutes gens vivre ;
Nuict sans nul soing, n'estre pas pourtant yvre;
Femme joyeuse, et chaste néantmoins;
Dormir qui fait que la nuict dure moins;
Plus haut qu'on n'est ne vouloir point attaindre;
Ne desirer la mort ny ne la craindre.
Voylà, Marot, si tu le veux sçavoir,
Qui faict à l'homme heureuse vie avoir.

CCXXIII. IN CALLISTRATUM. (Lib. V; Epig. XIII.)

Sum, fateor, semperque fui, Callistrate, pauper, etc.

De soy mesme et d'un riche ignorant.

Riche ne suis, certes, je le confesse,
Bien né pourtant, et nourri noblement;
Mais je suis leu du peuple et gentillesse
Par tout le monde, et dict on : « C'est Clement.»
Maintz vivront peu, moy eternellement;
Et toy tu as prez, fontaines et puits,
Bois, champs, chasteaux, rentes et gros appuis:
C'est de nous deux la différence et l'estre.
Mais tu ne peux estre ce que je suis ;
Ce que tu es, un chascun le peult estre.

CCXXIV. IN SUTOREM. (Lib. IX, Epig. LXXIII.)

Dentibus antiquas solitus producere pelles, etc.

De soy mesme et d'un savetier.

Toy qui tirois aux dents vieilles savattes,
De ton feu maistre or possedes et tiens
Rentes, maisons et meubles, jusqu'aux nattes :
A son trespas il les ordonna tiens.
Avec sa fille en repos t'entretiens,
Et mes parens, pour me faire escolier,
M'ont faict tirer bien vingt ans au collier.
Qu'en ay je mieulx ? Romps la plume et le livre,
Calliope, puisque le vieux soulier
Donne si bien au savetier à vivre.

CCXXV. IN DETRACTOREM. (Lib. V, Epig. LX.)

Adlatres licet usque nos, et usque,
Et gannitibus improbis lacessas, etc.

A Estienne Dolet.

Tant que voudras jette feu et fumée,
Mesdi de moy à tort et à travers;
Si n'auras tu jamais la renommée
Que de long temps tu cherches par mes vers,
Et nonobstant tes gros tomes divers
Sans bruit mourras, cela est arresté :
Car quel besoin est il, homme pervers,
Que l'on te sache avoir jamais esté ?

CCXXVI. AD JULIUM MARTIALEM. (Lib. V, Epig. xx.)

Si tecum mihi, chare Martialis,
Securis liceat frui diebus,
Si disponere tempus otiosum
Et vere pariter vacare vitæ, etc.

A Françoys Rabelais.

S'on nous laissoit nos jours en paix user,
Du temps present à plaisir disposer,
Et librement vivre comme il faut vivre,
Palais et cours ne nous faudroit plus suivre,
Plaids ne procès, ne les riches maisons
Avec leur gloire et enfumez blasons,
Mais sous bel ombre en chambre et galleries
Nous pourmenans, livres et railleries,
Dames et bains, seroient les passetemps,
Lieux et labeurs de nos esprits contens.
   Las! maintenant à nous point ne vivons,
Et le bon temps perir pour nous sçavons
Et s'envoler, sans remede quelconques :
Puis qu'on le sçait, que ne vit on bien donques?

CCXXVII. AD NÆVOLUM CAUSIDICUM. (Lib. I, Epig. xcviii.)

Cum clamant omnes, loqueris tu, Nævole, semper, etc.

D'un advocat ignorant.

Tu veux que bruit d'advocat on te donne,
Et de sçavant, mais jamais au Parquet
Tu ne dis mot, sinon quand le caquet
Des grans criars les escoutans estonne.
   A faire ainsi, je ne sçache personne

Qui ne puisse estre homme docte à le voir :
Or maintenant qu'un seul mot on ne sonne,
Dy quelque chose : oyons ce beau sçavoir.

Autrement.

Quand d'un chacun la voix bruit et resonne
En plein Parquet, onq homme ne parla
Plutost que toy, et si semble par là
Que le renom d'advocat on te donne
    A faire ainsi, etc.

CCXXVIII. AD CINNAM. (Lib. V, Epig. LVIII.)

Cum voco te dominum, noli tibi, Cinna, placere,
    Sæpe etiam servum sic resaluto meum.

A Roullet.

Quand Monsieur je te di, Roullet,
Le te di je, povre follet,
Pour te plaire, ou pour ta value ?
Je t'advise que mon valet
Bien souvent ainsi je salue.

CCXXIX. AD SABIDIUM. (Lib. I, Epig. XXXIII.)

Non amo te, Sabidi, nec possum dicere quare,
    Hoc tantum possum dicere, non amo te.

A Jan.

Jan, je ne t'aime point, beau sire,
Et ne sçay quell' mouche me poind,
Ne pourquoy c'est ; je ne puis dire
Sinon que je ne t'aime point.

CCXXX. DE PHILONE. (Lib. V, Epig. XLVII.)

Nunquam se cœnasse domi Philo jurat, et hoc est,
Non cœnat quoties nemo vocavit eum.

De Macé Longis.

CE prodigue Macé Longis
Fait grand serment qu'en son logis
Il ne souppa jour de sa vie;
Si vous n'entendez bien ce poinct,
C'est à dire il ne souppe point
Si quelque autre ne le convie.

CCXXXI. DE LINO. (Lib. I, Epig. LXXVI.)

Dimidium donare Lino, quàm credere totum,
Qui mavult, mavult perdere dimidium.

D'un mauvais rendeur.

CIL qui mieux ayme par pitié
Te faire don de la moitié
Que prester le tout rondement,
Il n'est point trop mal gracieux;
Mais c'est signe qu'il aime mieux
Perdre la moitié seulement.

CCXXXII. AD ÆMILIANUM. (Lib. V, Epig. LXXXI.)

Semper eris pauper, si pauper es, Æmiliane :
Dantur opes nullis nunc, nisi divitibus.

A Antoine.

SI tu es povre, Antoine, tu es bien
En grand danger d'estre povre sans cesse,
Car aujourd'huy on ne donne plus rien
Sinon à ceux qui ont force richesse.

CCXXXIII. in Candidum. (Lib. III, Epig. xxvi.)

Prædia solus habes, et solus, Candide, nummos, etc.

De Jan Jan.

Tu as tout seul, Jan Jan, vignes et prez;
Tu as tout seul ton cœur et ta pecune;
Tu as tout seul deux logis diaprez,
Là où vivant ne pretend chose aucune;
Tu as tout seul le fruit de ta fortune;
Tu as tout seul ton boire et ton repas;
Tu as tout seul toutes choses fors une,
C'est que tout seul ta femme tu n'as pas.

CCXXXIV. in Posthumum. (Lib. II, Epig. lxvii)

Occurris quæcunque loco mihi, Posthume, clamas, etc.

A Hilaire.

Dès que tu viens là où je suis,
Hilaire, c'est ta façon folle
De me dire tousjours : « Et puis
Que fais tu ? » Voilà tout ton rolle.
Cent fois le jour ceste parole
Tu me dis; j'en suis tout battu.
Quand tout sera bien debattu,
Je cuide, par mon ame, Hilaire,
Qu'avecques ton beau que fais tu?
Tu n'as rien toi mesme que faire.

CCXXXV. in Diodorum, ad Flaccum.
(Lib. I, Epig. xcix.)

Litigat, et podagra Diodorus, Flacce, laborat,
Sed nil patrono porrigit, hæc chiragra est.

D'un Abbé.

L'abbé a un procès à Rome,
Et la goutte aux piedz, le povre homme.

Mais l'advocat s'est plaint à maints
Que rien au poing il ne luy boutte;
Cela n'est pas aux pieds la goutte,
C'est bien plus tost la goutte aux mains.

CCXXXVI. IN FAUSTUM. (Lib. XI, Epig. LXV.)

Nescio tam multis quid scribas, Fauste, puellis :
Hoc scio, quod scribit nulla puella tibi.

D'un Curé.

Au curé, ainsi comme il dit,
Plaisent toutes belles femelles,
Et ont envers luy grand credit,
Tant bourgeoyses que damoyselles;
Si luy plaisent les femmes belles
Autant qu'il dit, je n'en sçay rien;
Mais une chose je sçay bien,
Qu'il ne plait pas à une d'elles.

CCXXXVII. IN SERTORIUM. (Lib. III, Epig. LXIX.)

Rem peragit nullam Sertorius, inchoat omnes :
Hunc ego quum futuit, non puto perficere.

D'un Limosin.

C'EST grand cas que nostre voisin
Tousjours quelque besongne entame,
Dont ne peut, ce gros Limosin,
Sortir qu'à sa honte et diffame.
Au reste, je croy sur mon ame,
Tant il est lourd et endormy,
Que quand il besongne sa femme,
Il ne luy fait rien qu'à demy.

CCXXXVIII. AD AULUM, DE SUA PUELLA.
(Lib. VII, Epig. XIV.)

Accidit infandum nostræ scelus, Aule, puellæ, etc.

De la tristesse de s'amye.

C'EST grand' pitié de m'amie, qui a
Perdu ses jeux, son passetemps, sa feste,
Non un moineau, ainsi que Lesbia,
N'un petit chien, belette ou autre beste ;
A jeux si sots mon tendron ne s'arreste :
Ces pertes là ne luy sont mal faisans;
Vrais amoureux, soyez en desplaisans :
Elle a perdu, helas ! depuis septembre,
Un jeune amy, beau, de vingt et deux ans,
N'ayant encor pied et demy de membre.

CCXXXIX. AD FABULLAM. (Lib. I, Epig. LXV.)

Bella es, novimus, et puella, verum est, etc.

D'une qui se vante.

Vous estes belle, en bonne foy;
Ceux qui disent que non sont bestes ;
Vous estes riche, je le voy :
Qu'est il besoin d'en faire enquestes?
Vous estes bien des plus honnestes,
Et qui le nie est bien rebelle;
Mais quand vous vous levez vous n'estes
Honneste ne riche ne belle.

CLÉMENT MAROT. III. 7

CCXL. AD GELLIAM. (Lib. V, Epig. XXIX.)

Si quando leporem mittis mihi, Gellia, dicis, etc.

A Isabeau.

ISABEAU, lundi m'envoyastes
Un lievre et un propos nouveau;
Car d'en manger vous me priastes,
En me voulant mettre au cerveau
Que par sept jours je serois beau.
Resvez vous? Avez-vous la fievre?
Si cela est vray, Isabeau,
Vous ne mangeastes jamais lievre.

CCXLI. DE GELLIA. (Lib. I, Epig, XXXIV.)

Amissum non flet, quum sola est Gellia, patrem, etc.

D'Alix.

JAMAIS Alix son feu mary ne pleure
Tout à par soy, tant est de bonne sorte;
Et devant gens, il semble que sur l'heure
De ses deux yeux une fontaine sorte.
De faire ainsi, Alix, si te deporte :
Ce n'est point dueil quand louenge on en veut.
Mais le vray dueil, sçez tu bien qui le porte?
C'est cestui là qui sans tesmoin se deut.

CCXLII. AD LYCORIM. (Lib. VI, Epig. XL.)

Fœmina præferri potuit tibi nulla, Lycori, etc.

A Catin, d'elle mesme, et de Jane.

JADIS, Catin, tu estois l'outrepasse :
Jane à present toutes les autres passe,

Et pour donner l'arrest d'entre vous deux,
Elle sera ce dequoy tu te deulx;
Tu ne seras jamais de sa value.
Que faict le temps? Il faict que je la veux,
Et que je t'ai autres foys bien voulue.

CCXLIII. IN LESBIAM. (Lib. VI, Epig. XXIII.)

Stare jubes nostrum semper tibi, Lesbia, penem, etc.

A une laide.

Tousjours voudriez que je l'eusse tout droit,
Ma laideron, et vous semble, je gage,
Que j'en puis faire ainsi comme du doigt;
Vous avez beau le flatter de langage,
Voyre des mains, ce diable de visage
Desgouste tout, et à vous mesme nuit.
Parquoy devriez (si vous estiez bien sage)
Ne me chercher seulement que de nuit.

CCXLIV. DE LESBIA. (Lib. XI, Epig. LXIII.)

Lesbia se jurat gratis nunquam esse fututam;
Verum est : cum futui vult, numerare solet.

De Macée.

Macée me veut faire accroire
Que requise est de mainte gent :
Plus envieillit, plus a de gloire,
Et jure comme un vieil sergent
Qu'on n'embrasse point son corps gent
Pour néant; et dit vray Macée,
Car tousjours elle baille argent
Quand elle veult estre embrassée.

CCXLV. DE PAULA. (Lib. X, Epig. VIII.)

*Nubere Paula cupit nobis, ego ducere Paulam
Nolo; anus est. Vellem, si magis esset anus.*

De Pauline.

PAULINE est riche et me veut bien
Pour mary : je n'en ferai rien,
Car tant vieille est que j'en ay honte.
S'elle estoit plus vieille d'un tiers
Je la prendrois plus vouluntiers,
Car la despesche en seroit prompte.

CCXLVI. AD ÆLIAM. (Lib. I, Epig. XX.)

Si memini, fuerant tibi quatuor, Ælia, dentes, etc.

D'une vieille edentée.

S'IL m'en souvient, vieille au regard hideux,
De quatre dents je vous ay vu mascher ;
Mais une toux dehors vous en mit deux ;
Une autre toux deux vous en fit cracher,
Or pouvez bien toussir sans vous fascher,
Car ces deux toux y ont mis si bon ordre,
Que si la tierce y veut rien arracher,
Non plus que vous n'y trouvera que mordre.

CCXLVII. *A une vieille, pris sur ce vers :*

Non gaudet veteri sanguine mollis amor.

VEUX tu, vieille ridée, entendre
Pourquoy je ne te puis aimer ?
Amour, l'enfant mol, jeune et tendre,
Tousjours le vieil sang trouve amer.

Le vin nouveau fait animer
Plus l'esprit que vieille boisson,
Et puis l'on n'oit bien estimer
Que jeune chair et vieil poisson.

CCXLVIII. *D'un glorieux emprisonné, pris
du latin.*

T'esbahis tu dont point on ne souspire,
Et qu'on rid tant? Qui se tiendroit de rire,
De veoir par force à present estre doux
L'ami de nul et l'ennemi de tous?

C. *Épigrammes tirées de diverses autres éditions.*

CCXLIX. *D'un mauvais poëte.*

Sans fin (povre sot) tu t'amuses
A vouloir complaire aux neuf Muses;
Mais tu es si lourd et si neuf,
Que tu en fasches plus de neuf.

CCL. *De l'an* 1544

Le cours du Ciel qui domine icy bas
Semble vouloir, par estime commune,
Cest an present demonstrer maints debatz
Faisant changer la couleur de la lune
Et du soleil la vertu claire et brune.
Il semble aussi par monstres orgueilleux
Signifier cest an fort perilleux;
Mais il devoit, faisant tousjours de mesme,
Et rendant l'an encor' plus merveilleux,
Nous envoyer eclipse de quaresme.

CCLI. *D'un usurier, pris du latin.*

Un usurier à la teste pelée
D'un petit blanc acheta un cordeau
Pour s'estrangler, si par froide gelée
Le beau bourgeon de la vigne nouveau
N'estoit gasté. Après ravine d'eau,
Selon son vueil la gelée survint,
Dont fut joyeux : mais comme il s'en revint
En sa maison, se trouva esperdu,
Voyant l'argent de son licol perdu
Sans profiter : sçavez vous bien qu'il fit ?
Ayant regret de son blanc, s'est pendu
Pour mettre mieux son licol à profit.

CCLII. *D'un advocat jouant contre sa femme, et de son clerc.*

Un advocat jouoit contre sa femme
Pour un baiser que nommer n'oserois ;
Le jeu dit tant et si bien à la dame,
Que dessus luy gagna des baisers troys :
« Or ça, dist-elle (amy), à cette foys,
Jouons le tout, pendant qu'estes assis.
— Quoy, respond-il, le tout, ce seroient six :
Qui fourniroit à un si gros payement ? »
Alors son clerc, de bon entendement,
Luy dist, ayant de sa perte pitié :
« Ayez bon cueur, Monsieur ; certainement
Je suis content d'en estre de moytié. »

CCLIII. *D'un moyne et d'une vieille.*

Un moyne un jour jouant sus la riviere,
Trouva la vieille en lavant ses drapeaux,

Qui luy monstra de sa cuisse heroniere
Un feu ardant où joignoient les deux peaux.
Le moyne eut cueur, leve ses oripeaux,
Il prend son chose, et puis s'approchant d'elle :
« Vieille, dist il, allumez ma chandelle. »
La vieille, lors, luy voulant donner bon,
Tourne son cul, et respond par cautelle :
« Approchez vous, et souflez au charbon. »

CCLIV. *Du tetin de Cataut.*

CELUI qui dit bon ton tetin
N'est mensonger, mais veritable ;
Car je t'asseure, ma Catin,
Qu'il m'est trèsbon et agréable ;
Il est tel, et si profitable,
Que si du nez hurtoit quelqu'un,
Contre iceluy (sans nulle fable)
Il ne se feroit mal aucun.

CCLV. *De messire Jan confessant Janne la Simple.*

MESSIRE Jan, confesseur de fillettes,
Confessoit Janne, assez belle et jolye,
Qui, pour avoir de belles oreillettes,
Avec un moine avoit fait la folie ;
Entr'autres points Messire Jan n'oublie
A remonstrer cest horrible forfait :
« Las ! disoit il, m'amye, qu'as tu fait ?
Regarde bien le poinct où je me fonde :
Cest homme, alors qu'il fust moyne parfait,
Perdit la vie, et mourut quant au monde.
N'as tu point peur que la terre ne fonde,
D'avoir couché avec un homme mort ? »

De cueur contrict Janne ses levres mord :
« Mort ! ce dit elle, enda, je n'en croy rien ;
Je l'ay veu vif depuis ne sçay combien ;
Mesmes alors qu'il eut à moy affaire
Il me branloit et baisoit aussi bien
En homme vif comme vous pourriez faire. »

CCLVI. *D'un cordelier.*

Un Cordelier d'une assez bonne mise
Avoit gaigné à je ne sçay quel jeu
Chausses, pourpoint, et la belle chemise ;
En cest estat son hostesse l'a veu,
Qui lui a dit : « Vous rompez vostre vœu.
— Non, non, respond ce gracieux records ;
Je l'ay gaigné au travail de mon corps,
Chausses, chemise et pourpoint pourfilé. »
Puis dit (tirant son grand tribart dehors)
« Ce beau fuzeau a tout fait et filé. »

CCLVII. *D'un amoureux et de s'amye.*

L'autre jour un amant disoit
A sa maistresse, en basse voix,
Que chacun coup qu'il luy faisoit
Luy coustoit deux escuz ou troys :
Elle y contredist : toutesfoys,
Ne pouvant le cas denier,
Luy dist : « Faites le tant de foys
Qu'il ne vous couste qu'un denier. »

CCLVIII. *D'un petit Pierre et de son procès matiere de mariage.*

Le petit Pierre eut du juge option
D'estre conjoinct avec sa damoyselle

Ou de souffrir la condemnation
D'excommunie et censure eternelle :
Mais mieux ayma, sans dire j'en appelle,
L'excommunie et la censure eslire
Que d'espouser une telle femelle,
Pire trop plus qu'on ne pourroit escrire.

CCLIX. *Les souhaitz d'un amoureux.*

Pour tous souhaitz ne desire en ce monde
Fors que santé, et tousjours mile escus :
Si les avois, je veux que l'on me tonde
Si vistes oncq' tant faire de cocus,
Et à ces culz frappez tost à ces culz
Donnez dedans qu'il semble que tout fonde :
Mais en suyvant la compagne à Bachus
Ne noyez pas, car la mer est profonde.

CCLX. *D'une qui alla veoir les beaux peres.*

Une catin, sans fraper à la porte,
Des Cordeliers jusqu'en la court entra :
Long temps après on attand qu'elle sorte,
Mais au sortir on ne la rencontra ;
Or au portier cecy on remonstra,
Lequel juroit jamais ne l'avoir veue :
Sans arguer le pro ne le contra,
A vostre advis, qu'est elle devenue ?

CCLXI. *D'un escolier et d'une fillette.*

Comme un escolier se jouet
Avec une belle pucelle,
Pour lui plaire bien fort louet
Sa grace et beauté naturelle,
Les tetons mignars de la belle,

Et son petit cas, qui tant vault.
« Ha ! Monsieur, adoncq' ce dist elle,
Dieu y mette ce qu'il y fault. »

CCLXII. *Pour le perron de Monsieur de Vendosme.* (1541.)

Vous chevaliers de queste avantureuse,
Qui de venir au sejour vous hastez
Où loyauté tient sa court plantureuse,
Et y depart ses guerdons souhaitez,
Ne passez oûltre, et si vous arrestez :
Jouster vous fault, et monstrer la vaillance
Qui est en vous et d'espée et de lance.
Ou franchement que vous me consentez
Que celle à qui j'ay voué mon service
Non seulement n'a macule ne vice,
Ne rien en elle où tout honneur n'abonde,
Mais est la plus parfaicte de ce monde.

CCLXIII. *Pour le perron de Monsieur d'Anghien, dont la superscription estoit telle : Pour le perron d'un chevalier qui ne se nomme point* (1541).

Le chevalier sans peur et sans reproche
Se tient icy ; qu'aucun ne s'en aproche
S'il n'est en poinct de jouter à outrance
Pour soustenir la plus belle de France.
Qui de passer aura cœur ou envie,
Conte de mort peu face, et moins de vie.

CCLXIV. *Pour le perron de Monsieur de Nevers* (1541).

Vous chevaliers errans qui desirez honneur,
Voyez le mien perron où maintien loyauté

)e tous parfaitz amans, et soustiens le bonheur
)e celle qui conserve en vertu sa beauté ;
arquoy je veulx blasmer de grand' desloyauté
elui qui ne voudra donner ceste asseurance
)u'au demourant du monde on peut trouver bonté
)u'on deust autant priser que sa moindre science.

CCLXV. *Pour le perron de Monsieur d'Aumale, qui estoit semé des lettres L. et F.* (1541.)

C'est pour la souvenance d'une
Que je porte ceste devise,
Disant que nulle est souz la lune
Où tant de valeur soit comprise :
A bon droit telle je la prise,
Et de tous doit estre estimée,
Qu'il n'en est point, tant soit exquise
Qui soit si digne d'estre aymée.
   Si quelqu'un d'audace importune
Le contraire me veult debattre
Fault qu'il essaye la fortune
Avecques moy de se combattre.

CCLXVI. *Baiser volé.*

Vous vous plaignez de mon audace,
Qui ay prins de vous ung baiser
Sans en requerir vostre grace.
Venez vers moy vous appaiser :
Je ne vous iray plus baiser
Sans vostre congé, veu qu'ainsi
Il vous deult de ce baiser cy,
Lequel, si bien l'ay osé prendre,
N'est pas perdu : je suis icy
En bon vouloir de le vous rendre.

CCLXVII. *Response.*

Du baiser qu'avez soubdain prins,
Possible n'est d'en faire paye,
Car vous n'en sçavez pas le pris,
Et ne veulx pas qu'on le me paye :
Mais si vous pensez que tort j'aye
D'obliger ainsi vous ozer,
Payez moy en autre monnoye
Aultant qu'estimez le baiser.

CCLXVIII. *Replique.*

De ce que ne chet soubz ung prix
Si ne sçauroys en rien mesprendre
Quand on le rend comme on l'a pris ;
Parquoy ce baiser vous viens rendre
Tout ainsi que je le vins prendre ;
Mais je n'oseroys m'entremettre
De donner le pris ou l'y mettre,
Car c'est finyr chose infinye,
Et donner cause de commettre
En l'estat d'Amours simonie.

CCLXIX. *Sur Françoys Villon, l'un de nos meilleurs poetes françois sous Loys XI (1532).*

Peu de Villons en bon savoir :
Trop de Villons pour decevoir.

CCLXX. *Au Roy François Ier, par l'ordre duquel Marot avoit reveu et faict reimprimer les poesies de Françoys Villon (1532).*

Si en Villon on treuve encore à dire,
S'il n'est reduict ainsi qu'ay pretendu,
A moy tout seul en soit le blasme (Sire)
Qui plus y ay travaillé qu'entendu :
Et s'il est mieulx en son ordre estendu
Que paravant, de sorte qu'on l'en prise,
Le gré à vous en doyt estre rendu,
Qui fustes seul cause de l'entreprise.

CCLXXI. *Remede contre la peste.*

Recipé, assis sus un banc,
De Méance le bon jambon,
Avec la pinte de vin blanc,
Ou de clairet, mais qu'il soit bon :
Boire souvent de grand randon,
Le dos au feu, le ventre à table,
Avant partir de la maison,
C'est opiate prouffitable.
A vostre disner userez
De viandes creuses et legieres ;
Beuf ne mouton ne mangerez,
Car ce sont trop dures matieres.
Connilz, perdriz, sous les paupieres
Passerez, aussi perdereaux,
Fuyez vieux oiseaux de rivieres,
Et mangez force faisandeaux.
Ne dormez point après disner,
Car le dormir est dangereux,
Et quand se viendra au souper.

Beuvez des vins delicieux ;
Puis après, entre deux lincieulx
Allez reposer vostre teste ;
Continuez un an ou deux,
De trois moys ne mourrez de peste.

CCLXXII. *Au Roy.*

Plaise au roy congé me donner
D'aller faire le tiers d'Ovide,
Et quelques deniers ordonner
Pour l'escrire, couvrir, orner,
Après que l'auray mis au vuide.
Ilz serviront aussi de guide
Pour me mener là où je veux :
Mais au retour, comme je cuyde,
Je m'en reviendray bien sans eulx.

CCLXXIII. *Sur quelques mauvaises manieres de parler.*

Collin s'en allit au Lendit,
Où n'achetit ni ne vendit,
Mais seulement, à ce qu'on dict,
Derobit une jument noire.
La raison qu'on ne le penda
Fut que soudain il responda
Que jamais autre il n'entenda
Sinon que de la mener boire.

CCLXXIV. *Du jeu d'amours.*

Pour un seul coup, sans y faire retour,
C'est proprement d'un malade le tour :
Deux bonnes foys à son aise le faire,

C'est d'homme sain suffisant ordinaire :
L'homme galand donne jusqu'à trois fois,
Quatre le moine, et cinq aucune fois :
Six et sept foys ce n'est point le mestier
D'homme d'honneur : c'est pour un muletier.

CCLXXV. *Sur les apophlhemes des anciens* (1543).

Si sçavoir veulx les rencontres plaisantes
Des saiges vieulx faictes en devisant,
O tu qui n'as lettres à ce duysantes,
Graces ne peulx rendre assez suffisantes
Au tien Macault, ce gentil traduisant ;
Car en ta langue orras, icy lysant,
Mille bons motz propres à oindre et poindre,
Ditz par les Grecz et Latins, t'advisant,
Si bonne grace eurent en bien disant,
Qu'en escripvant Macault ne l'a pas moindre.

CCLXXVI. *Sur le mesme subject* (1543).

Des bons propos cy dedans contenuz
Rends à Plutarque (ô Grec), ung grand mercy ;
Soyez (Latins), à Erasme tenuz,
Qui vous a tout traduyt et esclercy ;
Tous les François en doibvent faire ainsi
Au translateur, car en ce livre apprennent
De bon sçavoir autant (quand à cecy),
Que les Latins et les Grecz en comprennent.

CCLXXVII. *Contre un censeur ignorant.*

Un gros garçon qui creve de santé,
Mais qui de sens a bien moins qu'une buse,

De m'attaquer a la temerité,
En mesdisant de ma gentille Muse.
De ce pourtant ne me chault, et l'excuse;
Car, demandant à gens de grand renom
S'il peult mon los m'oster par telle ruse,
Ilz m'ont tous dict assurément que non.

CCLXXVIII. *Aultre.*

Le vin qui trop cher m'est vendu
M'a la force des yeulx ravye;
Pour autant il m'est defendu,
Dont tous les jours m'en croist envye;
Mais puisque luy seul est ma vie,
Maulgré les fortunes senestres,
Les yeux ne seront point les maistres
Sur tout le corps, car, par raison,
J'ayme mieulx perdre les fenestres
Que perdre toute la maison.

CCLXXIX. *Aultre.*

Baiser souvent, n'est ce pas grand plaisir?
Dites ouy, vous aultres amoureux;
Car du baiser vous provient le desir
De mettre en un ce qui estoit en deux.
L'un est trèsbon, mais l'aultre vault trop mieux:
Car de baiser sans avoir jouyssance,
C'est un plaisir de fragile asseurance;
Mais tous les deux alliez d'un accord
Donnent au cœur si grand esjouyssance,
Que tel plaisir met oubly à la mort.

CCLXXX. *Dixain.*

Le plus grand mal et le plus dangereux
Que d'une amye on puisse recevoir
N'est pas refuz ny congé rigoureux
Après qu'on a d'aymer fait son devoir;
Ce n'est aussi estre privé de veoir
Celle qu'on tient chere comme soy mesme.
Un mal y a en amours plus extreme,
Et qu'on ne peut sans l'essayer comprendre :
Diray je quel ? c'est quand on est à mesme,
Et toutesfois on est contrainct d'attendre.

CCLXXXI. *Dixain.*

J'apperçoy bien qu'amour est de nature estrange,
Difficile à cognoistre et facile à sentir;
Il se veult approcher quand de luy on s'estrange,
Et quand on s'en approche il en fait repentir;
Le suyvre maulgré moy me fallut consentir,
Mais soubz bonne esperance il me fut rigoreux,
Et lors que je pensois estre le moins heureux,
Entre plusieurs ennuyz je me veis prosperer.
Ayez donc souvenance, ô tristes amoureux,
Qu'il fault craindre tousjours et tousjours esperer.

CCLXXXII. *Dixain de n'oser descouvrir son affection.*

Force d'Amour me veult souvent contraindre
A declairer mon cœur appertemènt;
Mais un refus (pour honte) tant à craindre
M'a tousjours fait un grand empeschement.
Mon mal ainsi nourry couvertement,

Clément Marot, III. 8

Dissimulant l'ennuy tant que je puis;
D'aultre costé, du bien que je poursuys
Le souvenir renforce mon martyre.
Voyez (helas!) le tourment où je suys :
Voulant parler, un seul mot ne puis dire.

CCLXXXIII. *D'une qui contentoit ses servans de paroles.*

Dame, vous avez beau maintien,
Et grand grace en vostre langaige :
Mais tout cela est peu ou rien,
Si vous ne faites d'avantaige.
J'accorde bien que c'est un gaige
De pouvoir jouir quelque jour.
Si n'est ce pas le parfaict tour
Qu'il fault pour achever l'affaire :
Pour avoir le deduict d'amour,
Vault mieux peu dire et beaucoup faire.

CCLXXXIV. *Dixain.*

Robin mangeoit un quignon de pain bis
Par un matin tout petit à petit,
Et Marion, lors gardant ses brebis,
Qui ce matin avoit grand appetit,
Luy dit : « Robin, donne m'en un petit,
Et je feray tout ce que tu vouldras.
— Non, dit Robin, ne lieve ja tes draps :
Mon pain vault mieulx. » Et ainsi s'en alla,
Et si l'avoit aussi gros que le bras :
Ne deust on pas mener pendre cela ?

CCLXXXV. *Dixain*.

Un jour Robin vint Margot empoigner,
En luy monstrant l'oustil de son œuvraige,
Et sur le champ la voulut besongner ;
Mais Margot dit : « Vous me feriez oultraigè :
Il est trop gros et long à l'advantaige.
— Bien, dit Robin, tout en vostre fendasse
Ne le mettray ; » et soudain il l'embrasse,
Et la moytié seulement y transporte.
« Ah ! dit Margot en faisant la grimace,
Mettez y tout : aussi bien suis je morte. »

CCLXXXVI. *Dixain*.

En devisant à la belle Cathin,
Mon cueur esmeu le feu d'amour sentit
Lors je luy mis la main sur le tetin,
Pour luy donner un semblable appetit,
Ce qui l'esmeut encores bien petit.
Mais quand je feiz de ma bourse ouverture,
Je ne veiz onc plus paisible monture,
Ne plus aysée à se renger au poinct.
« Ainsi, dit elle, on me met en nature,
Sans me venir taster mon enbonpoinct.

CCLXXXVII. *Dixain*.

Mars et Venus furent tous deux surpris
Par Vulcanus couchez dedans un lict,
Qui de lienz qu'il forgea les a pris,
Puis aux haultz dieux va compter leur delict.
Là viennent tous : lors l'un d'eulx riant dit :
« Mon compaignon, si tu te sens fasché

De ces lienz dont tu es attaché,
Je suis content de les porter pour toy. »
Que pleust aux dieux que sans estre caché
J'eusse m'amye ainsi auprès de moy.

CCLXXXVIII. *Dixain.*

Amour, voyant ma grande loyaulté,
Et le travail que j'ay eu en dormant,
A contre moy cessé sa cruaulté,
Et pourchassé mon seul contentement.
C'est de m'amye avoir bien promptement
La jouyssance, ainsi que je desire.
O heur plus grand que l'on ne pourroit dire !
Et toy, mon cœur, qui peuz tant endurer,
Or ne crains plus envie et son empire,
Puis que tel bien est pour jamais durer.

CCLXXXIX. *Huictain.*

Bonjour, la Dame au bel amy :
Vous estes maintenant contente,
Et si n'ay plaisir ny demy,
Car après vostre longue attente
Venu est celluy qui de rente
M'a laissé fascherie et soing ;
Dieu doint que nul ne s'en repente :
L'amy se cognoist au besoing.

CCXC. *Huictain.*

Je ne fais rien que plaindre et souspirer,
Desirant plus ce que moins puis avoir,
Et sens mon mal chascun jour empirer,
En voyant moins ce que plus je veulx veoir.

Veoir semble peu à qui s'en peult pourveoir;
Mais j'ay cogneu par vraye experience
Que quand on fait en amour son devoir,
Il n'est ennuy que l'ennuy d'une absence.

CCXCI. *Huictain.*

Vostre obligé (Monsieur) je me confesse,
Comme de vous ayant receu grand bien;
De vous payer ne vous feray promesse,
Car ne pourrois en trouver le moyen.
Si respondant voulez, je le veulx bien:
Mon cueur respond et se niet en ostaige;
C'est mon thesor : d'autre bien je n'ay rien;
Je vous supply le retenir pour gaige.

CCXCII. *Aultre huictain.*

Le lendemain des noces on vint veoir
Si l'espousée estoit point la nuict morte,
Et si l'espoux avoit fait son devoir,
Qui dit que ouy, et de ce s'en rapporte
A son espouse, en priant qu'elle en porte
Vray tesmoignage, et si par amytié,
Ne l'avoit faict six foys de bonne sorte :
« Ouy bien, dit elle, mais j'en feiz la moytié. »

CCXCIII. *Recepte.*

Recepte pour un flux de bourse :
Couchez vous avant qu'il soit nuict,
Dormez tousjours, et pourquoy ? pource :
Car en dormant rien ne vous nuyt;
Mais si vous aymez le deduict
D'habiter la belle au corps gent,
Par nostre Dame, il fault argent.

CCXCIV. *A une honneste dame.*

DE bonne grace estes si bien pourveue,
Que je fus vostre avant vous avoir veue,
Tant que le bien de vous veoir et hanter
La peine a sceu, non l'amour, augmenter,
S'un autre donc vous aime d'adventure,
C'est accident, et j'ayme de nature ;
Ne sçay lequel vostre faveur aura,
Mais je sçay bien qui mieux aymer sçaura.

CCXCV. *Response.*

JE ne me sens de graces tant pourveue
Que l'on me doibve aymer sans m'avoir veue,
Et ne cogneu qu'à me vouloir hanter
La peine eust peu, non l'amour, augmenter.
Si quelqu'un donc m'ayme, c'est adventure ;
Je ne sçay pas si m'aimez de nature ;
Mais quand sçauray qui mieulx aymer sçaura,
Je repondray qui mieulx aymé sera.

CCXCVI. *Replique.*

QUAND je vous veulx descouvrir mon martyre,
Mes yeulx, ma langue et mon cuœur sont en gue
L'œil veult parler, mais il ne sçait mot dire ;
La langue sçait, mais paour la tient en serre ;
Le povre cuœur se travaille et souspire ;
Mais que luy vault endurer sans requerre ?
Enfin ma peine à vous se recommande,
Car l'œil qui parle assez prie et demande.

CCXCVII. *Dizain du trop saoul et de l'affamé.*

L'AUTRE jour un povre estranger
Me comptoit d'un qui mourut yvre,

Et me dit : « Je n'ay que manger,
Je me meurs et n'ay de quoy vivre.
Je serois heureux de le suyvre. »
Et demandoit lequel des deux
Me sembloit le plus malheureux.
« L'un est mort, dis-je, et tu es sain.
— Las ! dit-il, j'ay, moy langoureux,
Faim sans fin, l'autre eut fin sans faim.

CCXCVIII. *Epigramme sur* Jupiter ex alto
perjuria ridet amantum.

Tous les sermens que femme peult jurer
A son amy quand elle est accusée ;
Tous les propos que jeunesse abusée
Presente au cueur doubteux pour l'asseurer
Ont ilz pouvoir de faire moins durer
Ou divertir mon malheureux soucy ?
Non, car j'ay veu son mary murmurer
Souvent de moy qu'elle juroit ainsi.

CCXCIX. *Dizain de l'image de Venus armée*
R. F.

Vous chevalier de la basse bataille,
Canonisez de maint coup de faulcon,
Ne poussez plus du court estoc sans taille ;
Ostez les gets de vostre vieulx faulcon.
Venus je suis au visage facond,
De main d'ouvrier faicte en ce temps armée,
Mais non pourtant moins forte desarmée.
Par maintz combatz, et chocz m'avez congneue,
Car bien sçavez que dans la mienne armée
Vaincu vous ay tant de foys toute nue.

PROVERBES ÉNIGMATIQUES.

I.   Het   en   tient
       Le   pens   cueur

II.   Las   mis   frir
       T   pour   nir   maintz   a.

III.   Une foys il y en a
       Ba pour se tre   L   e

IV.   Pir   vent   venir
       I.   vient   d'ung.

V.   G a d S pour contenter mes aa.

VI.   Tilz   vent   biens
       Trop   sont   pris.

VII.   Prin bonne se pren faict bon dre.

VIII.   per
       3 t il a son   4.

IX.   Sy   pire
       Vent   vent
       Jay   dont.

X.   Son t l t pour nir son.

TRADUCTIONS.

—

I. *Premiere Eglogue des Bucoliques de Virgile.*
· (1512.)

MELIBÉE, TITYRE.

MELIBEE.

Toy, Tityrus, gisant dessoubs l'ormeau
Large et espez, d'un petit chalumeau
Chantes chansons rustiques en beaulz chantz,
Et nous laissons (maulgré nous) les doulx champs
Et nos pays. Toy, oysif en l'umbrage,
Fais resonner les forestz, qui font rage
De rechanter après ta chalemelle
La tienne amye, Amaryllis la belle.

TITYRE.

O Melibée, amy cher et parfaict,
Un Dieu fort grand ce bien icy m'a faict,
Lequel aussi tousjours mon Dieu sera,
Et bien souvent son riche autel aura
Pour sacrifice un agneau le plus tendre
Qu'en mon trouppeau pourray choysir et prend
Car il permet mes brebis venir paistre,
Comme tu voys, en ce beau lieu champestre,
Et que je chante en mode pastorale
Ce que vouldray de ma fluste rurale.

MELIBÉE.

Je te prometz que ta bonne fortune
Dedans mon cœur ne met envie aucune,
Mais m'esbahys comme en toutes saisons
Malheur nous suyt en noz champs et maisons.

Ne veois tu point, gentil berger, helas !
Je tout malade, et privé de soulas,
D'un lieu loingtain meine cy mes chevrettes
Accompaignées d'aigneaux et brebiettes?
Et (qui pis est) à grand labeur je meine
Celle que vois tant maigre en ceste plaine,
Laquelle estoit la totale esperance
De mon troupeau : or n'y ay je asseurance,
Car maintenant (je te prometz) elle a
Faict en passant près de ces couldres là,
Qui sont espez, deux gemeaulx aigneletz,
Qu'elle a laissez (moy contrainct) tous seuletz,
Non dessus l'herbe ou aucune verdure,
Mais tout tremblans dessus la pierre dure.

   Ha, Tityrus (si j'eusse esté bien sage),
Il me souvient que souvent par presage
Chesnes frappez de la fouldre des cieulx
Me predisoient ce mal pernicieux;
Semblablement la sinistre corneille
Me disoit bien la fortune pareille.
Mais je te pry, Tityre, compte moy
Qui est ce Dieu qui t'a mis hors d'esmoy.

TITYRE.

   Je sot cuidois que ce que l'on dit Romme
Fust une ville ainsi petite comme
Celle de nous, là où maint aignelet
Nous retirons, et les bestes de laict.
Mais je faisois semblables à leurs peres
Les petits chiens, et aigneaux à leurs meres,
Accomparant (d'imprudence surpris)
Chose petite à celle de grand prix;
Car, pour certain, Romme, noble et civile,
Leve son chef par sus toute autre ville
Ainsi que font les grans et haults cyprès
Sur ces buyssons que tu veois icy près,

MELIBÉE.

Et quel motif si exprès t'a esté
D'aller veoir Romme?

TITYRE.

                  Amour de liberté,
Laquelle tard toutesfoys me veint veoir,
Car ains que veint, barbe povois avoir :
Si me veit elle en pitié bien exprès,
Et puis je l'euz assez long temps après,
C'est asçavoir, si tost qu'euz accoinctée
Amaryllis, et laissé Galathée.
  Certainement je confesse ce poinct,
Que quand j'estois à Galathée joinct
Aucun espoir de liberté n'avoye,
Et en soucy de bestail ne vivoye,
Voyre, et combien que maintes fois je fisse
De mes troupeaux à noz Dieux sacrifice.
Et nonobstant que force gras fourmage
Se feist tousjours en nostre ingrat village,
Pour tout cela, jamais jour de semaine
Ma main chez nous ne s'en retournoit pleine.

MELIBÉE.

  O Amaryl', moult je m'esmerveillois
Parquoy les Dieux d'un cueur triste appellois,
Et m'estonnois pour qui d'entre nous hommes
Tu reservois en l'arbre tant de pommes.
Tityre lors n'y estoit (à vray dire),
Mais toutesfois (ô bien heureux Tityre),
Les pins très haults, les ruisseaulx qui coulloient,
Et les buyssons adonques t'appelloient.

TITYRE.

  Qu'eusse je faict sans de chez nous partir?
Je n'eusse peu de service sortir,
N'ailleurs que là n'eusse trouvé des Dieux
Si à propos, ne qui me duissent mieulx.

Là (pour certain) en estat triumphant
(O Melibée) je vey ce jeune enfant
Au los de qui nostre autel par coustume
Douze foys l'an en sacrifice fume.

   Certes, c'est luy qui premier respondit
A ma requeste, et en ce poinct me dict :
« Allez, enfans, menez paistre voz bœufz,
Comme devant, je l'entends et le veulx :
Et faictes joindre aux vaches voz toreaux. »

MELIBÉE.

   Heureux vieillard sur tous les pastoureaulx,
Doncques tes champs par ta bonne advanture
Te demourront, et assez de pasture.
Quoy que le roc d'herbe soit despouillé,
Et que le lac de bourbe tout souillé
Du jonc lymeux couvre le bon herbage,
Ce néanmoins le mauvais pasturage
Ne nourrira jamais tes brebis pleines,
Et les troupeaux de ces prochaines plaines
Desormais plus ne te les gasteront,
Quand quelque mal contagieux auront.

   Heureux vieillard, desormais en ces prées,
Entre ruisseaux et fontaines sacrées,
A ton plaisir tu te rafreschiras ;
Car d'un costé joignant de toy auras
La grand' closture à la saulsaye espesse,
Là où viendront manger la fleur sans cesse
Mouches à miel, qui de leur bruyt tant doulx
T'inciteront à sommeil tous les coups.
De l'autre part sus un hault roc sera
Le rossignol qui en l'air chantera.
Mais cependant la palombe enrouée,
La tourte aussi, de chasteté louée,
Ne laisseront à gemir sans se taire
Sus un grand orme, et tout pour te complaire.

TITYRE.

Donques plus tost cerfz legers et cornuz
Vivront en l'air, et les poissons tous nudz
Seront laissez de leurs fleuves taris;
Plus tost beuront les Parthes Araris
Le fleuve grand, et Tigris Germanie ;
Plus tost sera ma personne bannie
En ces deux lieux, et leurs fins et limites
Circuiray, à journées petites,
Ains que celuy que je t'ay racompté
Du souvenir de mon cœur soit osté.

MELIBÉE.

Helas ! et nous irons sans demourée
Vers le pays d'Afrique l'alterée;
La plus grand' part en la froide Scythie
Habiterons, ou irons en Parthie,
Puis qu'en ce poinct fortune le decrete,
Au fleuve Oaxe impetueux de Crete;
Finablement viendrons tous esgarez
Vers les Angloys, du monde separez.
Long temps après, ou avant que je meure,
Verray je point mon pays et demeure?
Ma povre loge aussi faicte de chaume ?
Las ! s'il advient qu'en mon petit royaume
Revienne encor, je le regarderay
Et des ruynes fort je m'estonneray :
Las ! fauldra il qu'un gendarme impiteux
Tienne ce champ tant culte et fructueux?
Las ! fauldra il qu'un barbare estranger
Cueille ces bledz ? O en quel grand danger
Discorde a mis et pasteurs et marchans !
Las ! et pour qui avons semé noz champs ?
O Melibée, plante arbres à la ligne,
Ente poyriers, metz en ordre la vigne :
Helas ! pour qui ? Allez, jadis heureuses,

Allez, brebis, maintenant malheureuses.
    Après cecy, de ce grand creux tout vert,
Là où souvent me couchoys à couvert,
Ne vous verray jamais plus de loing paistre
Vers la montaigne espineuse et champestre;
Plus ne diray chansons recréatives,
Ny dessoubz moy, povres chievres chetives,
Plus ne paistrez le treffle fleurissant,
Ne l'aigre fueille au saule verdissant.

TITYRE.

    Tu pourras bien (et te pry que le vueilles)
Prendre repos dessus des vertes fueilles
Avecques moy ceste nuict seulement.
J'ay à soupper assez passablement
Pommes, pruneaux, tout plein de bon fruictage,
Chastaignes, aulx, avec force laictage.
Puis des citez les cheminées fument :
Desja le feu pour le soupper allument :
Il s'en va nuict, et des haults montz descendent
Les umbres grands, qui parmi l'air s'espandent.

II. *Jugement de Minos sur la préférence d'Alexandre le Grand, Annibal de Carthage et Scipion le Romain, dit l'Africain* (1514).

ALEXANDRE.

O ANNIBAL, mon hault cueur magnanime
Ne peult souffrir que par gloire sublime
Vueilles marcher par devant mes charrois,
Quand à honneur et triumphans arroys;
Car seulement aucun ne doit en riens
Accomparer ses faictz d'armes aux miens,

Ains (comme nulz) est decent de les taire
Entre les preux.

ANNIBAL.

Je soustien le contraire,
Et m'en rapporte à Minos, l'un des Dieux,
Juge infernal commis en ces bas lieux
A soustenir le glaive de justice,
Dont fault que droict avec raison juste ysse
Pour un chascun.

MINOS.

Or me dictes, seigneurs,
Qui estes vous, qui touchant haults henneurs
Querez avoir l'un sur l'autre advantage ?

ALEXANDRE.

Cy est le duc Annibal de Carthage,
Et je, le grand empereur Alexandre,
Qui feis mon nom par tous climatz espandre
En subjugant chascune nation.

MINOS.

Certes, voz noms sont en perfection
Dignes de los et des gloires supremes
Dont decorez sont voz clers diademes.
Si m'esbahys qui vous a meuz ensemble
Avoir debat.

ALEXANDRE.

Minos (comme il me semble),
Tu dois sçavoir et n'es pas ignorant
Qu'onc ne souffris homme de moy plus grant,
Ne qui à moy fust pareil ou egal ;
Mais tout ainsi comme l'aigle royal
Estend son vol plus près des airs celestes
Que nul oyseau, par belliqueuses gestes
J'ay surmonté tous humains aux harnoys ;
Parquoy ne veulx que ce Carthaginoys
Ayt bruyt sur moy, ne costoye ma chaise.

MINOS.

Or convient donc que l'un de vous se taise,
Affin que l'autre ayt loysir et saison
Pour racompter devant moy sa raison.

ANNIBAL.

Certes, Minos, ceulx je repute dignes
D'estre eslevez jusques aux courts divines
Par bon renom, qui de basse puissance
Sont parvenuz à haultaine accroissance
D'honneur et biens, et qui nom glorieux
Ont conquesté par faictz laborieux,
Ainsi que moy, qui a peu de cohorte
Me departy de Carthage la forte,
Et en Sicile, où marcher desiroye,
Prins et ravy pour ma premiere proye
Une cité, Sarragosse nommée,
Des fiers Rommains trèsgrandement aymée,
Que maulgré eulx et leur force superbe
Je pestillay aux piedz ainsi que l'herbe,
Par mes haultz faictz et furieux combats.
   On sçait aussi comme je mys au bas
Et dissipay (dont gloire j'en merite)
Des Gallicans le puissant exercite ;
Et par quel art, moyens et façons caultes
Taillay les montz, et les Alpes trèshaultes
Mynay et mys les rochers en rompture,
Qui sont haultz murs massonnez par nature,
Et le renfort de toutes les Itales ;
Auquel pays (quand mes armes ducales
Y flamboyoient) maint ruysseau tout ordy
Du sang rommain, que lors j'y espandy ;
Ce sont tesmoings et certaines espreuves
Si est le Pau, Tibre et maints autres fleuves,
Desquelz souvent la très pure et claire unde
J'ay faict muer en couleur rubicunde.

Pareillement les chasteaulx triumphans
Par sus lesquelz mes puissans elephants
Je feis marcher, jusques aux murs de Romme ;
Et n'est decent que je racompte ou nomme
Mes durs combatz, rencontres martiennes,
Et grans efforts par moy faictz devant Cannes.
 Grand' quantité de noblesse rommaine
Ruerent jus par puissance inhumaine
Lors mes deux bras, quand en signe notoire
De souverain triumphe meritoire
Trois muys d'aneaulx à Carthage transmis,
De trèsfin or, lesquelz furent desmis
Des doigts des mortz sur les terres humides
Tous estenduz ; car des charongnes vuydes
De leurs espritz, gisantes à l'envers,
Par mes conflictz furent les champs couverts,
De tel' façon qu'on en feit en maints lieux
Ponts à passer fleuves espacieux.
 Par maintesfoys et semblables conquestes
Plus que canons ou fouldroyans tempestes
Feis estonner du monde la monarche,
Tousjours content, quelque part où je marche,
Le tiltre seul de vray honneur avoir,
Sans vaine gloire en mon cueur concevoir.
Comme cestuy qui pour occasion
D'une incredible et vaine vision,
La nuict, dormant, apparue à sa mère,
Se disoit filz de Juppiter, le pere
De tous humains, aux astres honoré,
Et comme Dieu voulut estre adoré.
 Ainçoys, Minos, tousjours et ainsi comme
Petit souldart me suis reputé homme,
Carthaginois, qui pour heur ou malheur
Ne fuz attainct de liesse ou douleur.
Puis on congnoist comme au pays d'Afrique,

CLÉMENT MAROT, III.   9

Durant mes jours, à la chose publique
Me suis voulu vray obéissant joindre ;
Et qu'ainsi soit, ainsi comme le moindre
De tout mon ost, au simple mandement
De mes consors, concluz soudainement
De m'en partir, et addressay ma voye
Vers Italie, où grand desir avoye.
   Que diray plus ? Par ma grande prouesse,
Et par vertu de sens et hardiesse,
J'ay achevé maintz autres durs efforts
Contre et envers les plus puissans et forts :
Mes estendards et guidons martiens
Onc ne dressay vers les Armeniens
Ou les Medoys, qui se rendent vaincuz
Ains qu'employer leurs lances et escuz :
Mais feis trembler de main victorieuse
Les plus haultains, c'est Romme l'orgueilleuse,
Et ses souldars, que lors je combatis
Par maintesfoys, et non point des craintifz,
Mais des plus fiers, feiz un mortel deluge.
   Et d'autre part, Minos (comme bon juge),
Tu dois prevoir les aises d'Alexandre :
Car dès que Mort son pere voulut prendre,
A luy, par droict, le royaume survint,
Et fut receu, dès que sur terre vint,
Entre les mains d'amyable Fortune,
Qui ne fut onc en ses faictz importune ;
Et s'il veult dire avoir vaincu les roys
Dare et Pyrrhus, par militans arroys,
Aussi fut il vaincu en ses delices
D'immoderez et desordonnez vices ;
Car si son pere ayma bien en son cueur
Du dieu Bacchus la vineuse liqueur,
Aussi feit il, et si bien s'en troubloit,
Que non pas homme, ains beste, ressembloit.

N'occist il pas (estant yvre à sa table)
Callisthenes, philosophe notable,
Qui reprenoit par discretes parolles
Les siennes mœurs vicieuses et folles?
Certainement vice si detestable
En moy (peult estre) eust esté excusable,
Ou quelc'un autre en mœurs et disciplines
Peu introduict : mais les sainctes doctrines
Leues avoit d'Aristote son maistre,
Qui pour l'instruire, et en vertuz accroistre,
Par grand desir nuict et jour travailloit,
Et après luy trop plus qu'autre veilloit.

Et si plus hault esleve sa personne
Dont en son chef il a porté couronne,
Pourtant ne doit homme Duc despriser
Qui a voulu entre vivans user
De sens exquis et prouesse louable,
Plus que du bien de Fortune amyable.

MINOS.

Certes, tes faictz de trèsclere vertu
Sont decorez. En après, que dys tu,
Roy Alexandre?

ALEXANDRE.

A homme plein d'outrage
N'est de besoing tenir aucun langage :
Et mesmement la riche renommée
De mes haultz faictz aux astres sublimée,
Assez et trop te peuvent informer
Que par sus moy ne se doibt renommer.
Aussi tous ceulx de la vie mortelle,
Sont congnoissans la raison estre telle.
Mais néantmoins, pource qu'à maintenir
Loz et honneur je veulx la main tenir,
Sçache, Minos, juge plein de prudence,
Qu'en la verdeur de mon adolescence,

Portant en chef ma couronne invincible,
Au glaive aigu prins vengeance terrible
(Comme vray filz) de ceux qui la main meirent
Dessus mon pere, et à mort le submirent ;
Et, non content du royaume qu'avoye,
Cherchant honneur, mis et jectay en voye
Mes estendards, en à flotte petite
De combatans, par moy fut desconfite
Et mise au bas, en mes premiers assaulx,
Thebes, cité antique, et ses vassaulx ;
Puis subjuguay, par puissance royale,
Toutes citez d'Achaye et Thessale,
Et decouppay à foyson par les champs
Illyriens de mes glaives tranchans,
Dont je rendy toute Grece esbahie.
Par mon pouvoir fut Asie envahie,
Libye prins, le Phase surmontay ;
Bref, tous les lieux ou passay et plantay
Mes estendards, redoubtans ma puissance,
Furent submis à mon obéissance.
  Le puissant roy Dare congneut à Tharse
Par quel'vigueur fut ma puissance esparse
Encontre luy, quand soubz luy chevaucherent
Cent mil Persoys, et fierement marcherent
Vers moy de front dessoubz ses estendards
Bien trois cent mil pietons, hardys souldards;
Que diray plus? Quand vint à l'eschauffer,
Le vieil Charon, grand nautonnier d'enfer,
Bien eut à faire à gouverner sa peautre
Pour celuy jour passer de rive en autre
Tous les espritz qu'à bas je luy transmys,
Des corps humains qu'à l'espée je mys.
  A celuy jour, en la mortelle estorce,
Pas n'espargnay ma corporelle force,
Car aux Enfers quatre vingtz mil esprits

J'envoyai lors ; et si hault cueur je pris,
Que me lançay par les flottes mortelles;
De ce font foy mes playes corporelles.

    Et jà ne fault laisser anéantir
Mes grands combatz executez en Thyr,
Et ne convient que le loz on me rase
D'avoir passé le hault mont de Caucase.
Un chascun sçait qu'y fuz tant employé,
Que tout soubz moy fut rasé et ployé.

    En Inde feiz aborder mon charroy
Triumphamment, où Pyrrhus le fier roy,
A son meschef, de mes bras esprouva
La pesanteur, quand de moy se trouva
Prins et vaincu. Qui plus est, je marchay
En tant de lieux, qu'à la fin detrenchay
Le dur rocher où Hercules le fort,
Pour le passer, en vain meit son effort.
Bref, tout battys et vainquis sans repos,
Jusques à tant que la fiere Atropos,
Seule cruelle ennemye aux humains,
Mon pouvoir large osta hors de mes mains.

    Et s'ainsi est, que jadis en maint lieu
Fusse tenu des mondains pour un Dieu
Et du party des Dieuz immortelz né,
De tel erreur pardon leur soit donné ;
Car la haulteur de mes faictz, et la gloire
Qu'euz en mon temps, les mouvoit à ce croire.

    Encores plus, tant fuz fier belliqueur,
Que j'entreprins, et euz vouloir en cueur,
De tout le monde embrasser et saisir,
Si fiere mort m'eust presté le loysir.

    Or ça, Minos, je te supply, demande
A Annibal (puis qu'il me vilipende
De doulx plaisirs) si plus il est recors
De ses delictz de Capue, où son corps

Plus debrisa aux amoureux alarmes
Qu'à soustenir gros boys, haches et armes.
Ne fut sa mort meschante et furibonde,
Quand par despit de vivre au mortel monde
Fut homicide et bourreau de soymesmes,
En avallant les ordz venins extresmes ?
Et pour monstrer sa meschance infinie,
Soit demandé au roy de Bithynie,
Dit Prusias, vers lequel s'enfuyt,
S'il fut jamais digne de loz et bruyt.
Un chascun sçait qu'il fut le plus pollu
De tous plaisirs, et le plus dissolu,
Et que par fraude, et ses trahysons fainctes,
Il est venu de son nom aux attainctes.
Plusieurs grans faictz il feit en maintes terres :
Mais qu'est ce au prix de mes bruyts et tonnerres?
A tous mortelz le cas est evident
Que si jugé n'eusse tout Occident
Estre petit, ainsi que Thessalie,
J'eusse pour vray (en vainquant l'Italie)
Tout conquesté sans occision nulle,
Jusques au lieu des columnes d'Hercule.
Mais (pour certain) je n'y daignay descendre :
Car seulement ce hault nom Alexandre
Les feit mes serfz, redoubtans mes merveilles.
Parquoy, Minos, garde que tu ne veuilles
Devant le mien son honneur preferer.

SCIPION.

Entens ainçoys ce que veulx proferer,
Juge Minos.

MINOS.

Comment es tu nommé

SCIPION.

Scipion suis, l'Africain surnommé,
Homme rommain, de noble experience.

MINOS.

Or parle donc, je te donne audience.

SCIPION.

Certes, mon cueur ne veult dire ou penser
Chose pourquoy je desire exaulcer
La grand' haulteur de mes faictz singuliers
Par sus ces deux belliqueux chevaliers,
Car je n'eus onc de vaine gloire envie ;
Mais s'il te plaist, Minos, entens ma vie.
    Tu sçais assez que de mes jeunes ans
Faictz vicieux me furent desplaisans :
Et que vertu je voulus tant cherir,
Que tout mon cueur se meit à l'acquerir,
Jugeant en moy science peu valoir,
Si d'un hault vueil, et par ardant vouloir
D'acquerir bruyt et renom vertueux,
N'est employée en œuvres fructueux.
Bref, tant aimay vertu, que dès enfance
Je fuz nommé des Rommains l'esperance.
Car quand plusieurs du senat, esbahyz
De craincte et paour, à rendre le pays
Par maintesfoys furent condescendans,
Je de hault cueur, et assez jeune d'ans,
Sailly en place, ayant le glaive au poing,
Leur remonstrant que pas n'estoit besoing
Que le cler nom que par peine et vertu
Avions acquis fust par honte abbatu,
Et que celuy mon ennemy seroit
Qui la sentence ainsi prononceroit.
    Lors, estimans cela estre un presage,
Et que les Dieux, pour le grand advantage
Du bien public, m'avoient donné hault cueur
En aage bas, comme un fort belliqueur
Fuz esleu chef de l'armée rommaine,
Dont sur le champ de bataille inhumaine

Je feis jetter mes bannieres au vent,
Et Hannibal pressay tant et souvent,
Qu'avec bon cueur et bien peu de conduicte
Le feis tourner en trop honteuse fuyte,
Tant qu'en la main de Romme l'excellente
Serve rendy Carthage l'opulente ;
Et toutesfoys les rommains consistoires,
Après mes grands et louables victoires,
Aussi humain et courtoys m'ont trouvé
Qu'avant que fusse aux armes esprouvé.

　　Tous biens mondains prisay moins que petit ;
L'amour du peuple estoit mon appetit,
Et d'acquerir maintz vertueux offices
A jeune prince honnestes et propices.
Et d'autre part, de Carthage amenay
Maintz prisonniers, lors que j'en retournay
Victorieux, desquelz en la presence
Par moy fut pris le poete Terence ;
Dont aux Rommains mon faict tant agréa
Qu'en plein senat censeur on me créa.

　　Ce faict, Asie et Libye couruz ;
D'Egypte et Grece à force l'amour euz ;
Et qu'ainsi soit, soubz querelle trèsjuste
Par plusieurs foys ma puissance robuste
Ont esprouvé. Puis le consul, voyant
Le nom rommain jadis reflamboyant
Lors chanceller, soy ternir et abatre,
Pour l'eslever fuz conquerir et batre
Une cité de force et bien nantie,
Dicte Numance, ès Espaignes bastie.

　　Trop long seroit (Minos) l'entier deduire
De mes haultz faictz, qu'on verra tousjours luyre ;
Et, d'autre part, simple vergongne honneste
D'en dire plus en rien ne m'admonneste.
Parquoy à toy en laisse l'achoison,

Qui sçais où sont les termes de raison.
    Si t'adverty qu'oncques malheur en riens
Ne me troubla ; ne, pour comble de biens
Que me donnast la déesse fatale,
Close ne fut ma main trèsliberale.
Bien l'ont congneu et assez le prouverent
Après ma mort ceulx qui rien ne trouverent
En mes tresors, des biens mondains delivres,
Fors seulement d'argent quatre vingtz livres.
Des Dieux aussi la bonté immortelle
M'a bien voulu douer de grace telle,
Que cruauté et injustice au bas
Je dejectay, et ne mis mes esbatz
Aux vanitez et doulx plaisirs menus
De Cupido, le mol filz de Venus,
Dont les deduitz et mondaines enquestes
Nuysantes sont à louables conquestes.
Tous lesquelz motz je ne dy pour tascher
A leur honneur confondre ou surmacher,
Ainçoys le dy pour tousjours en prouesse
Du nom rommain soustenir la haultesse,
Dont tu en as plus ouy referer
Que n'en pourroit ma langue proferer.

SENTENCE DE MINOS.

    Certainement, vos martiaulx ouvrages
Sont achevez de trèsardans couraiges :
Mais s'ainsi est que par vertu doive estre
Honneur acquis, raison donne à congnoistre
Que Scipion, jadis fuyant delices,
Et non saillant de vertu hors des lices,
D'honneur dessert le tiltre precieux
Devant vous deux, qui fustes vitieux.
    Parquoy jugeons Scipion preceder,
Et Alexandre Annibal exceder ;
Et si de nous la sentence importune

Est à vous deux, demandez à Fortune
S'elle n'a pas tousjours favorisé
A vostre part. Après soit advisé
Au trop ardant et oultrageux desir
Qu'eustes jadis de prendre tout plaisir
A (sans cesser) espandre sang humain,
Et ruyner de fouldroyante main,
Sans nul propos, la fabrique du monde :
Où raison fault, vertu plus n'y abonde.

III. *Les tristes vers de Beroalde*

sur le jour du vendredy sainct.

Or est venu le jour en dueil tourné ;
Or est le temps plein de pleurs retourné ;
Or sont ce jour les funerailles sainctes
De Jesuschrist celebrées et tainctes
D'aspre douleur : soient donques rougissans
Ores noz yeulx par larmes d'eulx yssans.
Tous estomacz en grefz vices tombez
Par coups de poing soient meurdriz et plombez ;
Quiconques ayme, exalte, et qui decore
Le nom de Dieu, et son pouvoir adore,
Cœuvre son cueur et sensitif exprès
De gros sanglotz s'entresuyvant de près.
    Voycy le jour lamentable sur terre,
Le jour qu'on doibt marquer de noire pierre.
Pourtant, plaisirs, amours, jeux et banquetz,
Ris, voluptez, broquars et fins caquetz,
Tenez vous loing, et vienne douleur rude,
Soing, pleurs, souspirs, avec solicitude.
C'est le jour noir, auquel fault pour poincture
De dueil monstrer, porter noire taincture :

Soient donc vestuz de couleur noire et brune
Princes, prelatz, et toute gent commune;
Viennent aussi avec robe de dueil
Jeunes et vieulx, en plourant larmes d'œil,
Et toute femme où liesse est apperte
De noir habit soit vestue et couverte.

    Rivieres, champs, foretz, montz et vallées
Ce jourd'huy soient tristes et desolées.

    Bestes aussi privées et saulvages
En douleur soient. Par fleuves et rivages
Soient gemissans poissons couvers d'escaille,
Et tous oyseaulx painctz de diverse taille.

    Les elemens, la terre et mer profonde,
L'air et le feu, lune, soleil, le monde,
Le ciel aussi, de haulteur excellente,
Et toute chose à present soit dolente:
Car c'est le jour dolent et douloureux,
Triste, terny, trop rude et rigoureux.

    Maintenant donc fault usurper et prendre
Les larmes d'œil qu'Heracle sceut espandre;
De Xenocrate ou de Crassus doit on
Avoir la face, et le front de Caton:
La barbe aussi, longue, rude, et semblable
A celle là d'un prisonnier coulpable.

    Porter ne vueille homme ou femme qui vive
Robe de pourpre ou d'escarlate vive;
Ne soit luysant la chaine à grosse boucle
Dessus le col, ny l'ardante escarboucle;
Ne vueille aucun autour des doigts cercler
Verte emeraude ou dyamant très cler;
Sans pigner soit le poil au chef tremblant,
Et aux cheveulx soit la barbe semblant;
Ne soit la femme en son cheminer grave,
Et d'eau de fard son visage ne lave;
Ne soit sa gorge en blancheur decorée,

Ne d'aucun art sa bouche colorée ;
Ne soient les chefz des grands dames coiffez
D'ornements fins, de gemmes estoffez ;
Mais, sans porter braasceletz ne carcans,
Prennent habitz signe de dueil marquans.

    Car c'est le jour auquel le Redempteur,
De toute chose unique créateur,
Après tourmens, labeurs de corps et veines,
Mille souffletz, flagellementz et peines,
Illusions de ces Juifz inhumains,
Pendit en croix, encloué piedz et mains,
Piquant' couronne au digne chef portant,
Et d'amertume un brevaige goustant.

    O jour funebre, ô lamentable mort,
O cruaulté, qui la pensée mord,
De ceste gent prophane et incredule !
O fiere tourbe emplie de macule,
Trop plus subjecte à rude felonnie
Que ours de Lybie ou tigres d'Hyrcanie,
Ne que le salle et cruel domicile,
Où s'exerçoit tyrannye en Sicile !
Ainsi avez (sacrileges) mouillé
Voz mains au sang qui ne fut onc souillé,
Et iceluy mis à mort par envie
Qui vous avoit donné lumiere et vie,
Manoirs et champs de tous biens plantureux,
Puissant empire et siege bienheureux,
Et qui jadis, en faisant consommer
Pharaon roy dedans la Rouge mer,
En liberté remit soubz voz monarches
Tous voz parens, anciens patriarches.

    O crime, ô tache, ô monstre, ô cruel signe,
Dont par tout doibt apparoir la racine !
O faulce ligne extraicte de Judée,
As tu osé tant estre oultrecuydée

De perdre cil qui par siecles plusieurs
T'a preservé par dons superieurs,
Et t'a instruict en la doctrine exquise
Des sainctes loix du prophete Moyse,
En apportant sur le hault des limites
De Sinay les deux Tables escriptes,
Pour et affin qu'obtinses diademes,
O digne palme aux regions supremes?
   Las! quelz mercys tu rends pour un tel don !
O quel ingrat et contraire guerdon !
Et quel peché se pourroit-il trouver
Semblable au tien ? Point ne te peulx laver.
   A tous humains certes est impossible
D'en perpetrer encor un si horrible ;
Car beau parler, ny foy ferme et antique,
Religion ne vertu autentique
Des peres sainctz n'ont sceu si hault attaindre,
Que ta fureur ayes voulu refraindre.
   Des vrays disans Prophetes les oracles,
Ne de Jesus les apparens miracles,
De faulx conseil ne t'ont sceu revoquer,
Tant t'es voulu à durté provoquer.
   O gent sans cueur, gent de faulce nature,
Gent aveuglée en ta perte future,
En meurdrissant par peines et foiblesses
Un si grand roy, de ton cousteau te blesses ;
Et qu'ainsi soit, à present tu en souffres
Cruel gehaine en feu, flambes et souffres,
Si qu'à jamais ton tourment merité
Veoys et verras, et ta posterité,
Si elle adhere à ta faulte importune,
Se sentira de semblable fortune :
Car il n'y a que luy qui sceust purger
Le trop cruel et horrible danger
De mort seconde ; et sans luy n'auront grace

Voz filz vivans, n'aucune humaine race.

Quelconque Juif pour tel' faulte ancienne
N'a siege, champ ny maison qui soit sienne ;
Et tout ainsi que la forte tourmente
En pleine mer la nasselle tourmente
Laquelle estant sans mast, sans voile et maistre,
De tous les ventz à dextre et à senestre
Est agitée, ainsi estes vous, Juifz,
De tous costez dechassez et fuiz,
Vivans tousjours soubz tributaire reigle ;
Et tout ainsi que le cygne hait l'aigle,
Le chien le loup, Hannuyer le François,
Ainsi chascun, quelque part que tu soys,
Hayt et hayrra ta faulse progenie,
Pour l'inhumaine et dure tyrannie
Que feis à cil qui tant de biens t'offrit
Quand paradis et les enfers t'ouvrit.

O doulce mort, par salut manifeste
Tu nous repais de viande celeste :
Par toy fuyons le regne plutonique ;
Par toy gist bas le serpent draconique :
Car le jour vient agréable sur terre,
Le jour qu'on doit noter de blanche pierre,
Le jour heureux en trois jours surviendra,
Que Jesuchrist des Enfers reviendra.

Parquoy, pecheur dont l'ame est delivrée,
Qui ce jourd'huy portes noire livrée,
Resjouy toy, pren plaisir pour douleur ;
Pour noir habit, rouge et vive couleur ;
Pour pleurs, motetz de liesse assignée ;
Car c'est le jour d'heureuse destinée
Qui à Satan prepare affliction
Et aux mortelz seure salvation.

Dont congnoissant le bien de mort amère,
Doulx Jesuchrist né d'une vierge mere,

S'il est ainsi que ton povoir honore,
S'il est ainsi que de bon cueur t'adore,
S'il est ainsi que j'ensuive ta loy,
S'il est ainsi que je vive en ta foy,
Et comme croy qu'es aux cieulx triumphant,
Secours (helas!) un chascun tien enfant,
Si qu'en vivant soit en santé la vie,
Et en mourant aux cieulx l'ame ravie.

IV. *De l'Amour fugitif, de Lucien.*

Advint un jour que Venus Cytherée,
Mere pour lors dolente et esplorée,
Perdit son filz, qui ça et là voloit :
Et ainsi triste, en haste s'en alloit
Par maint carroy, par maint canton et place,
Pour le chercher : puis sus quelque terrace,
Ou sus un mont eslevé se plantoit,
Et devant tous à haulte voix chantoit
Ce qui su'ensuyt : Quiconques de bon vueil
M'enseignera, ou au doigt ou à l'œil,
En quelle voye, ou devers quel costé,
Mon Cupido fuyant s'est transporté :
Pour son loyer (qui faire le sçaura)
Un franc baiser de Venus il aura ;
Et si quelc'un prisonnier le ramaine,
La mere lors, envers luy plus humaine,
Luy donnera (pour plus son cueur aiser)
Quelque autre don par dessus le baiser.
   Toy qui iras, affin que par tous lieux
Ce faulx garson puisses congnoistre mieulx,
Je t'en diray vingt enseignes et taches,
Que finement fault qu'en memoire caches :

 Blancheur aucune en luy n'est evidente:
Son corps est tainct de rougeur trèsardente ;
Ses yeulx perçans, qui de travers regardent,
Incessamment estincellent et ardent ;
Et son penser cauteleux et frivole
Jamais ne suyt sa doulcette parole.
Certainement le son de sa faconde
Passe en doulceur le plus doulx miel du monde ;
Mais le droict sens et la cause effective
Correspond mal à sa voix deceptive ;
Si en colere il se prend à monter,
Il porte un cueur impossible à dompter ;
Et de son bec il sçait (tout au contraire)
Tromper, seduyre, et en ses laqz attraire
Les cueurs remplis d'aspre severité,
Sans que jamais confesse verité.
 Certes il est enfant plein de jeunesse,
Mais bien pourveu d'astuce et de finesse.
Souvent se joue et faict de l'inscient,
Mais en jouant tasche à bon escient
Faire son cas. Sur son dos, cultreplus,
Pendent en ordre uns cheveulx crespelus,
Et en sa face, ayant fiere apparence,
Jamais n'y a honte ne reverence.
 Après il a (si bien vous l'espiez)
Petites mains, avecques petis piedz ;
Mais toutesfoys, en haut ou bas endroict,
D'un petit arc tire fort loing et droict.
 Jadis frappa de flesche et vireton
Jusque aux bas lieux le cruel roy Pluton ;
Et des enfers les umbres et espritz
Veirent leur roy d'Amour vaincu et pris,
Lors que dedans son grand char stygieux
Il amena Proserpine aux beaulx yeulx.
 Son corps ardant, enflambé de nature,

Il a tout nud sans quelque couverture ;
Mais le cueur cault et courage qu'il porte
Se vest de mainte et variable sorte ;
Et d'avantage, en soubzlevant en l'air
Les membres siens, par un subtil voler,
Aux Nymphes va, puis aux hommes descend,
Et quand receu de bon gré il se sent,
Son siege faict plus chauld que feu de pailles
Au plus profond de leurs cueurs et entrailles.

   Petit et court est son arc amoureux ;
Mais le sien traict mortel et rigoureux
Va de droict fil jusques au firmament,
Depuis qu'il est descoché fermement.

   Sur son espaule ardante et colorée
Tu verras pendre une trousse dorée,
Et au dedans ses pestiferes traictz,
Dont le cruel abuseur plein d'attraictz
A bien souvent faict mainte playe amere,
Mesmes à moy, qui suis sa propre mere.

   Grefve chose est tout ce que j'ay dit ores,
Mais voycy (las !) plus grefve chose encores :
Sa dextre main jecte et darde un brandon
Qui brusle et ard sans mercy ne pardon
Les povres os. Brief, de son chauld extreme
Il brusleroit le bruslant soleil mesme.

   Si tu le peulx donc trouver et attaindre,
Et de cordons à fermes neudz estraindre,
Mene le moy estroictement lié ;
Et si vers toy se rend humilié,
N'en prens mercy, quoy que devant toy face
Tomber ses yeulx larmes dessus sa face.
Garde toy bien qu'en ce ne te deçoives ;
Et s'ainsi est que sa bouche apperçoives
Riant à toy, bien fault que tu recordes
De n'ordonner qu'on lui lasche les cordes.

CLÉMENT MAROT, III. 10

Si par doulx motz te venoit incitant
A te baiser, va cela evitant ;
Car (pour certain) en ses levres habite
Mortel venin, qui cause mort subite.

Et si de franc et liberal visage
Il te promet des dons à son usage,
C'est asçavoir, fleches et arc turquoys,
La trousse paincte et le doré carquoys,
Fuy tous ces dons de nuysance et reproche :
Ilz vont bruslant tout ce qui d'eulx s'approche.

V. *Des visions de Petrarque,*

de tuscan en françoys.

Un jour estant seulet à la fenestre,
Vey tant de cas nouveaulx devant mes yeulx,
Que d'en tant veoir fasché me convint estre.
Si m'apparut une bische à main dextre,
Belle pour plaire au souverain des dieux.
Chassée estoit de deux chiens envieux,
Un blanc, un noir, qui par mortel effort
La gente beste aux flans mordoient si fort,
Qu'au dernier pas en bref temps l'ont menée
Cheoir soubz un roc. Et là, la cruaulté
De mort vainquit une grande beauté,
Dont souspirer me feit sa destinée.

Puis en mer haulte un navire advisoye,
Qui tout d'hebene et blanc yvoire estoit,
A voiles d'or et à cordes de soye ;
Doulx fut le vent, la mer paisible et coye,
Le ciel par tout cler se manifestoit.
La belle nef pour sa charge portoit

Riches tresors ; mais tempeste subite,
En troublant l'air, ceste mer tant irrite,
Que la nef heurte un roc caché soubz l'onde.
Ô grand' fortune : ô crevecueur trop gref,
De veoir perir en un moment si bref
La grand' richesse à nulle autre seconde !

    Après je vey sortir divins rameaulx
D'un laurier jeune, en un nouveau boscage,
Et me sembla veoir un des arbriseaulx
De paradis, tant y avoit d'oyseaulx
Diversement chantans à son umbrage.
Ces grans delictz ravirent mon courage,
Et ayant l'œil fiché sur ce laurier,
Le ciel entour commence à varier
Et à noircir, dont la fouldre grand' erre
Vint arracher celuy plant bien heureux,
Qui me faict estre à jamais langoureux,
Car plus telle umbre on ne recouvre en terre.

    Au mesme boys sourdoit d'un vif rocher
Fontaine d'eau murmurant soefvement ;
De ce lieu frais tant excellent et cher
N'osoient pasteurs ne bouviers approcher,
Mais mainte Muse et Nymphe seulement,
Qui de leurs voix accordoient doulcement
Au son de l'eau. Là j'assis mon desir,
Et lors que plus j'y prenois de plaisir,
Je vey, helas ! de terre ouvrir un gouffre
Qui la fontaine et le lieu devora,
Dont le mien cueur grand regret encor a ;
Et y pensant, du seul penser je souffre.

    Au boys je vey un seul phenix portant
Aesles de pourpre, et le chef tout doré :
Estrange estoit, dont pensay en l'instant
Veoir quelque corps celeste, jusque à tant
Qu'il vint à l'arbre en pieces demouré,

Et au ruisseau que terre a devoré.
Que diray plus ? Toute chose enfin passe :
Quand ce phenix veit les rameaux en place,
Le tronc rompu, l'eau seche d'autre part,
Comme en desdaing, de son bec s'est feru,
Et des humains sur l'heure disparu,
Dont de pitié et d'amour mon cueur ard.

    Enfin je vey une dame si belle,
Qu'en y songeant tousjours je brusle et tremble :
Entre herbe et fleurs pensive marchoit elle,
Humble de soy, mais contre amour rebelle,
Et blanche cotte avoit, comme il me semble,
Faicte en tel art, que neige et or ensemble
Sembloient meslez ; mais en sus la ceincture
Couverte estoit d'une grand' nue obscure,
Et au tallon un serpenteau la blesse,
Dont languissoit comme une fleur cueillie ;
Puis asseurée en liesse est saillie.
Las ! rien ne dure au monde que tristesse.

    O chanson mienne, en tes conclusions
Dy hardiment : Ces six grans visions
A mon seigneur donnent un doulx desir
De briefvement soubz la terre gesir.

VI. *Six sonnetz de Petrarque,*

sur la mort de sa dame Laure.

I.

Voi ch'ascoltate in rime sparse il suono......

Vous qui oyez en mes rithmes le son
D'iceulx soupirs dont mon cueur nourrissoye

Lors qu'en erreur ma jeunesse passoye,
N'estant pas moy, mais bien d'autre façon ;
  De vains travaulx dont feis rithme et chanson,
Trouver m'attens (mais qu'on les lise et voye)
Non pitié seule, ains excuse en la voye
Ou l'on congnoist Amour, ce faulx garson.
  Si voy je bien maintenant et entens
Que long temps fuz au peuple passetemps,
Dont à part moy honte le cueur me ronge.
  Ainsi le fruict de mon vain exercice
C'est repentance, avec honte et notice
Que ce qui plaist au monde n'est que songe.

II.

. O passi sparsi, o pensier' vaghi e pronti...

O pas espars, ô pensées soudaines,
O aspre ardeur, ô memoire tenante !
O cueur debile, ô volunté puissante,   [nes;
O vous mes yeulx ; non plus yeulx, mais fontai-
  O branche, honneur des vainqueurs capitaines ;
O seule enseigne aux poetes duysante ;
O doulce erreur qui soubz vie cuysante
Me faict aller cherchant et montz et plaines ;
  O beau visage où amour mect la bride
Et l'esperon dont il me poinct et guide
Comme il luy plaist, et deffense y est vaine ;
  O gentilz cueurs et ames amoureuses,
S'il en fut onc, et vous umbres paoureuses,
Arrestez vous pour veoir quelle est ma peine !

III.

Chi vuol veder quantunque può Natura ...

Qui vouldra veoir tout ce que peult nature,
Contempler vienne une qui en tous lieux

Est un soleil, un soleil à mes yeulx,
Voyre aux ruraulx qui de vertu n'ont cure.
 Et vienne tost, car mort prent (tant est dure)
Premier les bons, laissant les vicieux ;
Puis ceste cy s'en va du reng des dieux :
Chose mortelle et belle bien peu dure.
 S'il vient à temps, verra toute beauté,
Toute vertu, et meurs de royauté,
Joinctz en un corps par merveilleux secret.
 Alors dira que muette est ma rithme
Et que clarté trop grande me supprime ;
Mais si trop tarde, aura tousjours regret.

IV.

Lasciato hai, Morte, senza sole il mondo....

Mort, sans soleil tu as laissé le monde
Froid et obscur, sans arc l'aveugle archer ;
Graces, beautez, prestes à trebuscher ;
Moy desolé en angoisse profonde.
 Bas et bannys sont honneur et faconde ;
Seul fasché suis, seul n'ay que me fascher ;
Car de vertu feis la plante arracher,
C'est la premiere ; où prendrons la seconde ?
 Plaindre devroient l'air, la mer et la terre
Le genre humain, qui comme anneau sans pierre
Est demeuré, ou comme un pré sans fleurs.
 Le monde l'eut sans la congnoistre à l'heure ;
Je la congneuz, qui maintenant la pleure ;
Si feit le ciel, qui s'orne de mes pleurs.

V.

Gli angeli eletti e l'anime beate.

Le premier jour que trespassa la belle,
Les purs espritz, les anges precieux,

Sainctes et sainctz, citoyens des haultz cieulx,
Tout esbahys vindrent à l'entour d'elle.
  Quelle clarté, quelle beauté nouvelle,
(Ce disoient ilz) apparoist à noz yeulx?
Nous n'avons veu du monde vicieux
Monter ça hault encor une ame telle.
  Elle, contente avoir changé demeure,
Se parangonne aux anges d'heure à heure,
Puis coup à coup derriere soy regarde
  Si je la suy : il semble qu'elle attend ;
Dont mon desir ailleurs qu'au ciel ne tend,
Car je l'oy bien crier que trop je tarde.

VI.

Da più belli occhi e dal più chiaro viso?...

Des plus beaulx yeulx et du plus clair visage
Qui oncques fut, et des beaulx cheveulx longs,
Qui faisoient l'or et le soleil moins blonds,
Du plus doulx ris et du plus doulx langage ;
  Des bras et mains qui eussent en servage,
Sans se bouger, mené les plus felons ;
De celle qui du chef jusqu'aux tallons
Sembloit divin plus qu'humain personnage,
  Je prenois vie. Or d'elle se consolent
Le roy celeste, et ses courriers qui volent,
Me laissant nud, aveugle en ce bas estre,
  Un seul confort attendant à mon dueil,
C'est que là hault elle, qui sçait mon vueil,
M'impetrera qu'avec elle puisse estre.

VII. *Epitaphe de ma Dame Laure.*

En petit lieu comprins vous povez veoir
Ce qui comprend beaucoup par renommée ;
Plume, labeur, la langue, le devoir
Furent vaincuz de l'amant par l'aymée.
O gentille ame, estant tant estimée,
Qui te pourra louer qu'en se taisant ?
Car la parolle est tousjours reprimée
Quand le subject surmonte le disant.

VIII. *Epigramme de Salmonius*

Mys de latin en françois.

AU ROY.

Ainsi qu'un jour au grand Palays tes yeulx
Veirent dressez les simulachres vieulx [lence),
Des Roys Françoys (Roy d'entre eulx l'exce
Numbrer voulus tous par ordre et sequence
Ces tiens ayeulx, qui ont de main en main
Baillé le sceptre à Prince tant humain ;
Mais quand le lieu vuyde tu vins à veoir
Lequel s'attend le tien image avoir :
Voyez (dis tu) la place à moy promise
Quand ceste chair au tumbeau sera mise.
   Or je demande, en tenant ce propos
Fuz tu esmeu de la peur d'Atropos ?
Non, car tu eus, maulgré Mort, asseurance
Qu'entre les Dieux sera ta demeurance.

IX. Métamorphose d'Ovide.

Marot au Roy, touchant la Metamorphose.

Long temps *avant que vostre liberalité royale m'eust faict successeur de l'estat de mon pere, le mien plus affectionné (et non petit) desir avoit tousjours esté, Syre, de povoir faire œuvre en mon labeur poëtique qui tant vous agréast, que par là je peusse devenir (au fort) le moindre de voz domestiques. Et pour ce faire, mis en avant, comme pour mon Roy, tout ce que je peuz, et tant importunay les Muses, qu'elles en fin offrirent à ma plume inventions nouvelles et antiques, luy donnant le choix ou de tourner en nostre langue aucune chose de la latine, ou d'escrire œuvre nouvelle, par cy devant non jamais veuc. Lors je consideray que à Prince de hault esprit haultes choses lui affierent, et tant ne me fiay en mes propres inventions, que pour vous trop basses ne les sentisse. Parquoy, les laissant reposer, jettay l'œil sur les livres latins, dont la gravité des sentences et le plaisir de la lecture (si peu que je y comprins) m'ont espris mes esprits, mené ma main et amusé ma Muse. Que dy je, amusée ! mais incitée à renouveller, pour vous en faire offre, l'une des plus latines antiquitez, et des plus antiques latinitez. Entre lesquelles celle de la Metamorphose d'Ovide me sembla la plus belle, tant pour la grande doulceur du stile, que pour le grand nombre des propos tombans de l'un en l'autre par lyaisons si artificielles, qu'il semble que tout ne soit*

qu'un. Et toutesfoys aiséement (et peult estre point)
ne se trouvera livre qui tant de diversitez de choses racompte. Parquoy, Syre, si la nature en la di-
versité se resjouyt, là ne se debvra elle melancolier.

Pour ces raisons et autres maintes, deliberay
mettre la main à la besongne, et de tout mon povoir
suyvre et contrefaire la veine du noble poëte Ovide,
pour mieulx faire entendre et sçavoir à ceulx qui
n'ont la langue latine, de quelle sorte il escrivoit, et
quelle difference peult estre entre les anciens et les
modernes. Oultre plus, tel lit en maint passage les
noms d'Apollo, Daphné, Pyramus et Tisbée, qui a
l'histoire aussi loing de l'esprit que les noms près de
la bouche; ce qui pas ainsi ne iroit si en facile vul-
gaire estoit mise ceste belle Metamorphose, laquelle
aux poëtes vulgaires et aux painctres seroit trèsprou-
fitable, et aussi decoration grande en nostre langue,
veu mesmement que l'arrogance greque l'a bien
voulu mettre en la sienne. Or est ainsi, que Metamorphose est une diction greque vulgairement si-
gnifiant transformation, et a voulu Ovide ainsi
intituler son livre contenant quinze volumes, pource
qu'en iceluy il transforme les uns en arbres, les autres en pierres, les autres en bestes, et les autres en
autres formes. Et pour ceste mesme cause, je me
suis pensé trop entreprendre de vouloir transmuer
celuy qui les autres transmue : et après, j'ai con-
trepensé que double louenge peult venir de transmuer un transmueur, comme d'assaillir un assail-
leur, de tromper un trompeur, et moquer un moqueur.
Mais pour rendre l'œuvre presentable à si grande
majesté, fauldroit premierement que vostre plus
que humaine puissance transmuast la Muse de Marot en celle de Maro. Toutesfoys, telle qu'elle est,

soubz la confiance de vostre accoustumé bon recueil,
elle a (par manicre d'essay) traduict et parachevé
de ces quinze livres le premier, dont au chasteau
d'Amboyse vous en pleut ouyr quelque commence-
ment. Si l'eschantillon vous plaist, par temps aurez
la piece entiere; car la plume du petit ouvrier ne
desire voler sinon là ou le vent de vostre royale
bouche la vouldra poulser. Et à tant me tairay,
Ovide veult parler.

Livre premier de la Métamorphose d'Ovide
(1530).

Invention du Poëte.

ARDANT desir d'escrire un hault ouvrage
M'a vivement incité le courage
A reciter maintes choses formées,
En autres corps tous nouveaulx transformées.
Dieux souverains qui tout faire sçavez,
Puis qu'en ce poinct changées les avez,
Donnez faveur à mon commencement,
Et deduysez mes propos doulcement,
A commencer depuis le premier naistre
Du monde rond, jusque au temps de mon estre.

 Avant la mer, la terre et le grand œuvre
Du ciel treshault qui toutes choses cœuvre,
Il y avoit en tout ce monde enorme,
Tant seulement de Nature une forme,
Dicte Chaos, un monceau amassé,
Gros, grand et lourd, nullement compassé;
Bref, ce n'estoit qu'une pesanteur vile
Sans aucun art, une masse immobile,
Là ou gisoyent les semences encloses
Desquelles sont produictes toutes choses,
Qui lors estoient ensemble mal couplées,
Et l'une en l'autre en grand discord troublées.

 Aucun soleil encores au bas monde
N'eslargissoit lumière claire et munde;
La lune aussi ne se renouvelloit,
Et ramener ses cornes ne souloit
Par chascun moys. La terre compassée
En l'air espars ne pendoit balancée
Soubz son droict poix. La grand'fille immortelle
De l'Océan, Amphitrite la belle,

N'estendoit pas ses bras marins encores
Aux longues fins de la terre, ainsi que ores ;
Et quelque part où fut la terre, illec
Estoit le feu, l'air et la mer avec.

    Ainsi pour lors estoit la terre instable,
L'air sans clarté, la mer non navigable ;
Rien n'avoit forme, office ne puissance,
Ainçoys faisoit l'un aux autres nuysance ;
Car froid au chauld menoit guerre et discords,
Sec à l'humide, et le tout en un corps,
Avec le dur le mol se combatoit,
Et le pesant au legier debatoit.

    Mais Dieu, qui est la Nature excellente,   Chaos mué
Appaisa bien leur noise violente :   en quatre
Car terre adonc du ciel desempara,   Elémens.
De terre aussi les eaux il separa,
Et meit à part, pour mieulx faire leur paix,
Le ciel tout pur d'avecques l'air espais ;
Puis quand il eut demeslez et hors mys
De l'orde masse iceulx quatre ennemys,
Il va lier en concorde paisible
Chascun à part, en sa place duysible.

    Le feu sans poix du ciel courbe et tout rond
Fut à monter naturellement prompt,
Et occupa le degré plus haultain.
L'air le suyvit, qui n'en est pas loingtain,
Ains du cler feu approche grandement
D'agilité, de lieu semblablement.

    En espesseur la terre les surpasse,
Et emporta la matiere plus crasse
Du lourd monceau, dont en bas s'avalla
Par pesanteur ; puis la mer s'en alla
Aux derniers lieux sa demourance querre,
Environnant de tous costez la terre.

    En tel' façon (quiconques ait esté

Celuy des Dieux) quand il eut projetté
Ce grand ouvrage, et en membres dressée
La grosse masse en ce poinct despecée,
Il arrondit et feit la terre, au moule,
Forme et façon d'une bien grande boule,
A celle fin qu'en son poix juste et droit
Egale fust par un chascun endroit ;
Puis çà et là les grans mers espandit,
Et par grandz ventz enflées les rendit,
Leur commandant faire floter leur unde
Tout à l'entour des fins de terre ronde,
Parmy laquelle adjousta grans estangs,
Lacz et marestz, et fontaines sortans ;
Et puis de bors et rives tournoyantes
Ceinctures feit aux rivieres courantes,
Qui d'une part en la terre se boyvent,
Autres plusieurs en la mer se reçoivent,
Et là, au lieu de rives et de bors,
Ne battent plus que grans havres et ports.
     Aux champs après commande de s'estendre,
Et aux forestz rameaux et fueilles prendre ;
Un chascun val en pendant feit baisser,
Et contre hault les montaignes dresser.

La terre divi-   Et tout ainsi que l'ouvrier advisé
sée en cinq Feit le hault ciel par cercles divisé,
zones.
Deux à la dextre, et sur senestre deux,
Dont le cinquiesme est le plus ardent d'eulx,
Par tel' façon, et en semblable numbre,
Il divisa terre pesante et sombre ;
Et en cela le hault ciel ne l'excede,
Car comme luy cinq regions possede,
Dont la moyenne habiter on ne peult,
Par le grand chault qui en elle se meult ;
Puis elle en a deux couvertes de neige,
Et au milieu de ces deux est le siege

De deux encor, que Dieu, qui tout ouvroit,
Amodera par chault meslé de froit.

Sur tout cela l'air il voulut renger :
Lequel, d'autant comme il est plus leger
Que terre et l'eau, d'autant est il pesant
Plus que le feu tant subtil et luysant.
En celuy air les nues et nuées
Commanda estre ensemble situées,
Et le tonnerre et tempestes soudaines,
Espoventans les pensées humaines ;
Semblablement avec la fouldre ardante
Les ventz causans froidure morfondante.

A iceulx ventz Dieu n'a permis d'aller
Confusément par la voye de l'air :
Et nonobstant que chascun d'eulx exerce
Ses soufflemens en region diverse,
Encore à peine on peult (quand s'esvertuent)
Y resister, qu'ilz ne rompent et ruent
Le monde jus par boufflemens austeres,
Tant terrible est la discorde des freres.

Le vent Eurus tout premier s'envolla
Vers Orient, et occuper alla
Nabathe et Perse, et les monts qui s'eslevent
Soubz les rayons qui au matin se levent ;
Zephyrus fut soubz Vesper resident,
Près des ruisseaux tiediz de l'Occident.

Boréas froid envahyt la partie
Septentrionne, avecques la Scythie.

Et vers midy, qui est tout au contraire,
Auster moyteux jetta pluye ordinaire.

Sur tout cela que j'ay cy declairé,
Le grand Ouvrier meit le ciel etheré
Clair, pur, sans poix, et qui ne tient en rien
De l'espesseur et brouas terrien.

A peine avoit tous ces œuvres haultains

Les régions
des quatre
vents.

Ainsi assis, en lieux seurs et certains,
Que tout autour du ciel, claires et nettes
Vont commencer à luyre les planettes,
Qui de tout temps pressées et tachées
Soubz celle masse avoient esté cachées.

    Aussi affin que region aucune
Vuyde ne fust d'animaulx à chascune
Propres et duictz, les estoilles et signes,
Et des haultz Dieux les formes trèsinsignes
Tindrent le ciel. Les poissons netz et beaulx
Eurent en part (pour leur manoir) les eaux.
La terre après print les bestes sauvages,
Et l'air subtil oyseaulx de tous plumages.

L'origine de l'homme.
    La trop plus saincte et noble créature
Capable plus de hault sens par nature,
Et qui sur tout pouvoit avoir puissance,
Restoit encor. Or print l'homme naissance,
Où l'Ouvrier grand, de tous biens origine,
Le composa de semence divine,
Où terre adonc (qui estoit sé parée,
Tout freschement de la par t etheréé)
Retint en soy semence supernelle
Du ciel, qui print sa facture avec elle :
Laquelle après Prometheus mesla
En eau de fleuve, et puis formée l'a
Au propre image et semblable effigie
Des Dieux par qui toute chose est regie.

    Et néantmoins que tout aultre animal
Jette tousjours son regard principal
Encontre bas, Dieu à l'homme a donné
La face haulte, et luy a ordonné
De regarder l'excellence des cieulx,
Et d'eslever aux estoilles ses yeulx.

    La terre donc, nagueres desnuée
D'art et d'image, ainsi fut transmuée

Et se couvrit d'hommes d'elle venuz,
Qui luy estoient nouveaulx et incongnuz.

    L'aage doré, sur tout resplendissant,
Fut le premier au monde fleurissant,
Auquel chascun, sans correcteur et loy,
De son bon gré gardoit justice et foy.
En peine et peur aucun ne souloit vivre ;
Loix menaçans ne se gravoient en cuyvre
Fiché en murs ; povres gens sans refuge
Ne redoubtoient la face de leur juge,
Mais en seurté se sçavoient accointer,
Sans qu'il fallust juge à les appointer.

    L'arbre du pin, charpenté et fendu,
N'estoit encor des haultz monts descendu
Sur les grans eaux, pour flotter et nager,
Et en pays estrange voyager.

    Hommes mortelz ne congnoissoient à l'heure
Fors seulement le lieu de leur demeure.
Fossez profonds et murs de grans effors
N'environnoient encor villes et forts ;
Trompes, clerons d'airain droit ou tortu,
L'armet, la lance et le glaive poinctu
N'estoient encor. Sans usage et alarmes
De chevaliers, de pictons et gensdarmes,
Les gens alors seurement en tous cas
Accomplissoient leurs plaisirs delicats.

    La terre aussi, non froissée et ferue,
Par homme aucun, du soc de la charrue,
Donnoit de soy tous biens à grand' planté,
Sans qu'on y eust ne semé ne planté ;
Et les vivans, contens de la pasture
Produicte alors sans labeur ne culture,
Cueilloient le fruict des sauvages pommiers,
Fraises aux monts, les cormes aux cormiers,
Pareillement les meures qui sont joinctes

Des quatre aages. De l'aage dorée.

Contre buyssons pleins d'espineuses poinctes,
Avec le gland qui leur tomboit à gré
Du large chesne à Jupiter sacré.

    Printemps le verd regnoit incessamment,
Et Zephyrus souspirant doulcement
Soefves rendoit, par tiedes alenées,
Les belles fleurs sans semence bien nées :
Terre portoit les fruictz tost et à point,
Sans cultiver. Le champ, sans estre poinct
Renouvellé, par tout devenoit blanc
Par force espiz pleins de grain bel et franc,
Prestz à cueillir ; fleuves de laict couloient
Fleuves de vin aussi couler souloient,
Et le doulx miel, dont lors chascun goustoit,
Des arbres vertz tout jaulne degoutoit.

L'aage d'argent.
    Puis quand Saturne, hors du beau regne mis,
Fut au profond des tenebres transmis,
Soubz Juppiter estoit l'humaine gent :
Et en ce temps survint l'aage d'argent,
Qui est plus bas que l'or trèssouverain,
Aussi plus hault et riche que l'arain.

    Ce Juppiter abaissa la vertu
Du beau printemps, qui tousjours avoit eu
Son cours entier, et soubz luy fut l'année
En quatre parts reduicte et ordonnée :
En froid yver et en esté qui tonne,
En court printemps et variable automne.

    Lors commença blanche et vive splendeur
Reluyre en l'air espris de seche ardeur.
D'autre costé survint la glace froide,
Par vents d'yver pendue estraincte et roide.
Lors on se print à musser soubz maisons :
Maisons estoyent cavernes et cloisons,
Arbres espés, fresche ramée à force,
Et vertz osiers joinctz avecques escorce.

Lors de Cerès les bons grains secourables
Soubz longs seillons de terres labourables
Sont enterrez, et furent beufz puissans,
Pressez du joug, au labeur mugissans.

    Après cestuy troysiesme succeda
L'aage d'arain, qui les deux exceda
D'engin maulvais, et plus audacieux
Aux armes fut, non pourtant vicieux.

L'aage d'arain.

    Le dernier est de fer dur et rouillé,
Où tout soudain chascun vice brouillé
Se vint fourrer, comme en l'aage total
Accomparé au plus meschant metal.

L'aage de fer.

    Honneste Honte et Verité certaine,
Avecques Foy, prindrent fuyte loingtaine,
Au lieu desquelz entrerent Flaterie,
Deception, Trahison, Menterie,
Et Folle Amour, Desir et Violence
D'aquerir gloire et mondaine opulence.

    Telle avarice adonc le plus souvent
Pour practiquer mettoit voiles au vent,
Lors mal congneu du nautonnier et maistre,
Et mainte nef dont le boys souloit estre
Planté debout sur montaignes cornues
Nageoit, saultoit par vagues incongneues.

    Mesmes la terre (avant aussi commune
Que la clarté du soleil, air et lune)
Fut divisée en bornes et partiz
Par mesureurs fins, caultz et deceptifz.

    Ne seulement humaines créatures
Chercherent bledz et autres nourritures,
Mais jusque au fond des entrailles allerent
De terre basse, ou prindrent et fouillerent
Les grans tresors et les richesses vaines
Qu'elle cachoit en ses profondes veines,
Comme metaulx et pierres de valeurs,

Incitemens à tous maulx et malheurs.

Ja hors de terre estoit le fer nuysant,
Avecques l'or, trop plus que fer cuysant ;
Lors guerre sort, qui, par ces deux metaulx,
Faict des combatz inhumains et brutaulx,
Et casse et rompt de main sanguinolente
Armes cliquans soubz force violente.

On vit desjà de ce qu'on emble et oste :
Chez l'hostelier n'est point asseuré l'hoste,
Ne le beaupere avecques le sien gendre ;
Petite amour entre freres s'engendre ;
Le mary s'offre à la mort de sa femme ;
Femme au mary faict semblable diffame ;
Par maltalent les marastres terribles
Meslent souvent venins froidz et horribles ;
Le filz, affin qu'en biens mondains prospere,
Souhaite mort (avant ses jours) son pere.

Dame Pitié gist vaincue et oultrée,
Justice aussi ; la noble vierge Astrée,
Seule et derniere après tous Dieux sublimes,
Terre laissa, taincte de sang et crimes.

Le sang des
Géants
transmué en
hommes
cruels.

Aussi affin que le ciel etheré
Ne fust de soy plus que terre asseuré,
Les fiers Géants (comme on dit) affecterent
Regner aux cieulx, et contre mont dresserent,
Pour y monter, mainte montaigne mise
L'une sur l'autre. Adoncques par transmise
Fouldre du ciel, l'omnipotent Facteur
Du mont Olympe abbatit la haulteur,
Et desbrisa en ruyne fort grosse
Pelion, mont assis sur celluy d'Osse.

Quand par son poix ces corps faulx et cruelz
Furent gisans desrompuz et tuez,
La terre fut mouillée en façon telle,
De moult de sang des Géants enfans d'elle,

Que (comme on dit) trempée s'enyvra,
Puis en ce sang tout chauld ame livra,
Et pour garder enseigne de la race,
En feit des corps portans humaine face :
Mais ceste gent fut aspre et despiteuse,
Blasmant les Dieux, de meurdres convoiteuse,
Si qu'à la voir, bien l'eussiez devinée
Du cruel sang des Géants estre née.

 Cecy voyant des haultz cieulx, Juppiter
Crie, gemit, se prend à despiter,
Et sur le champ par luy fut allegué
Un autre faict, non encor divulgué,
Des banquetz pleins d'horreur espoventable,
Que Lycaon preparoit à sa table ;
Dont en son cueur ire va concevoir
Telle qu'un roy comme luy peult avoir,
Et son conseil appella haultement,
Dont les mandez vindrent subitement.

 Or d'icy bas là sus au lieu celeste
Est une voye aux humains manifeste,
Semblable à laict, dont laictée on l'appelle,
Aisée à veoir, pour sa blancheur tant belle ;
Et par icelle est le chemin des Dieux,
Pour droict aller au trosne radieux
Du grant Tonnant, et sa maison royalle.
En ce lieu blanc, des nobles Dieux la salle
Fut frequentée alors par tout son estre,
A huys ouverts, sur dextre et à senestre.

 Les moindres Dieux en divers lieux s'assirent
Et les puissans leurs riches sieges meirent
Vers le hault bout : bref, telle est ceste place
Que, si j'avois de tout dire l'audace,
Je ne craindrois dire que c'est la mesme
Qu'est du hault ciel le grand palays supresme.

 Donc, quand les Dieux furent en ordre assis

*Du cercle
laicté.*

Aux sieges bas, faictz de marbres massifs,
Juppiter mis au plus hault lieu de gloire,
Et appuyé sur son sceptre d'yvoire,
Comme indigné, par trois foys, voyre quatre,
De son grand chef feit bransler et debatre
L'horrible poil, duquel, par son povoir,
Feit terre et mer et estoiles mouvoir ;
Puis tout despit devant tous il desbouche
En tel' façon son indignée bouche :

Lycaon
transformé
en loup.

« Je ne fuz onc pour le regne mondain
Plus triste en cueur, de l'orage soudain
Auquel Géantz qui ont serpentins piedz
Furent tous pretz, quand fusmes espiez,
De tendre et mettre au ciel recréatif
Chascun cent bras pour le rendre captif.
    Car néantmoins que l'ennemy fust tant
Cruel et fier, celle guerre pourtant
Ne dependoit que d'une seule suyte,
Et d'une ligne en fin par moy destruicte ;
Mais maintenant en toute voye et trasse
Par où la mer le monde entier embrasse
Perdre et tuer me fault pour son injure
Le mortel genre : et qu'ainsi soit, j'en jure
Des bas enfers les eaux noires et creuses
Coulans soubz terre aux forestz tenebreuses ;
Quoy que devant fault toute chose vraye
Bien esprouver ; mais l'incurable playe
Par glaive fault tousjours couper à haste,
Que la part saine elle n'infecte et gaste.
    J'ay en forestz et sur fleuves antiques
Mes demidieux et mes Faunes rustiques ;
Satyres gays, Nymphes nobles compaignes,
Et mes Sylvains residens aux montaignes ;
Lesquelz d'autant que ne les sentons dignes
D'avoir encor des gloires celestines,

Souffrons, au moins, que seurement et bien
Ilz puissent vivre en terre, que du mien
Leur ay donnée. O Dieux intercesseurs,
Les pensez vous en bas estre assez seurs,
Quand Lycaon, noté de felonnie,
A conspiré mortelle vilenie
Encontre moy, qui par puissance eterne
La fouldre et vous ça hault tiens et gouverne?»

  Lors tous ensemble en fremissant murmurent,
Et Juppiter (d'ardant desir qu'ilz eurent)
Vont suppliant qu'en leurs mains vueille mettre
Cil qui osa telle chose commettre.

  Ainsi au temps que la cruelle main
D'aucuns voulut ternir le nom Rommain,
Tendant au sang Cesarien espandre,
Pour la terreur d'un tant subit esclandre
Fut l'humain genre asprement estonné,
Et tout le monde à horreur addonné.

  Et la pitié des tiens, ô preux Auguste,
Ne te fut pas moins agréable et juste
Que ceste cy à Juppiter insigne,
Lequel, après avoir par voix et signe
Refrainct leur bruit, chascun d'eulx feit silence.

  Le bruict cessé par la grave excellence
Du hault regent, de rechef tout despit,
D'un tel propos le silence rompit.

  « Les peines a (ne vous chaille) souffertes ;
Mais quoy qu'il ayt receu telles dessertes,
Si vous diray je en resolution
Quel est le crime et la punition.

  De ce dur temps l'infamie à merveilles
Venoit souvent jusques à noz oreilles,
Lequel rapport desirant estre faulx,
Subit descens des cieulx luysans et haultz,
Et circuy le terrestre dommaine,

Estant vray Dieu dessoubz figure humaine.

    Fort long seroit vous dire (ô Dieux sublimes)
Combien par tout il fut trouvé de crimes :
Car l'infamie et le bruict plein d'opprobre
Bien moindre fut que la verité propre.
De Menalus traversay les passages,
Craintz pour les trouz des grans bestes sauvages,
Et les haultz pins du froid mont Lyceus,
Et Cillené. Quand cela passé eus,
Du roy d'Archade ès lieux me viens renger,
Et en sa court dangereuse à loger
Entre tout droict, au poinct que la serée
Tire la nuict d'un peu de jour parée.
Par signes lors monstray que j'estois Dieu
Venu en terre, et le peuple du lieu
A m'adorer jà commence et m'invoque ;
Mais Lycaon (d'entrée) raille et moque
Leurs doulx priers, en disant : Par un gref
Et cler peril, j'esprouveray de bref
Si mortel est ce Dieu cy qu'on redoubte,
Et n'en sera la verité en doubte.

    Puis quand serois la nuict en pesant somme,
A me tuer s'appreste ce faulx homme
De mort subite : icelle experience
De verité luy plaist d'impatience.

    Et non content est de si grefve coulpe,
Mais d'un poingnard la gorge il ouvre et coupe
A un qui là fut en hostage mis,
De par les gens de Molosse transmis ;
Et l'une part des membres de ce corps
Va faire cuyre ainsi à demy morts
En eau bouillant, rendant l'autre partie
Sus ardant feu de gros charbon rostie,
Lesquelz sur table ensemble mect et pose,
Dont par grand feu, qui vengea telle chose,

Sur le seigneur tombe la maculée
Orde maison, digne d'estre bruslée.
  Adonc s'enfuyt troublé de peur terrible :
Et aussi tost qu'il sentit l'air paisible
Des champs et boys, de hurler luy fut force.
  Car pour néant à parler il s'efforce :
Son museau prend la fureur du premier,
Et du desir de meurdres coustumier
Sur les aigneaulx or en use et jouyt,
Et de veoir sang encores s'esjouyt.
Ses vestemens poil de beste devindrent,
Et ses deux bras façon de cuisses prindrent :
Il fut faict loup, et la marque conforme
Retient encore de sa premiere forme.
Tel poil vieillard, et tel frayeur de vis
Encores a.; semblables yeulx tous vifz
Ardent en luy. Bref, tel' figure porte
De cruauté, comme en premiere serte.
  Or est tombé un manoir en ruine,   Deluge.
Mais un manoir tout seul n'a esté digne
D'estre pery : par tout où paroist terre
Regne Erinnys, aymant peché et guerre,
Et si diriez que tous ilz ont juré
De maintenir vice desmesuré.
Tous doncques soient par peine meritée
Puniz acoup : c'est sentence arrestée. »
  Alors de bouche aucuns des Dieux approuvent
L'arrest donné par Juppiter, et meuvent
Plus son courroux ; les autres rien ne dirent,
Mais (sans parler) par signe y consentirent.
Ce néantmoins, du genre humain la perte
A tous ensemble est douleur trèsaperte,
Et demander vont à Juppiter quelle
Forme adviendra sur la terre, après qu'elle
Sera privée ainsi d'hommes mortelz ;

Qui portera l'encens sur les autelz ;
Et si la terre aux bestes veult bailler,
Pour la destruyre et du tout despouiller.

    Alors deffend Juppiter et commande
A un chascun qui tel' chose demande
De n'avoir paour, disant qu'à ce besoing
De toute chose il a la cure et soing,
Et leur promet lignée non semblable
Au premier peuple, en naissance admirable.

    Soudain devoit, pour mettre humains en poul-
Par toute terre espandre ardante foudre : [dre,
Mais il craignit que du ciel la facture
Par tant de feux ne conceust d'aventure
Quelque grand' flamme, et que soudainement
Bruslé ne fust tout le hault firmament.
Puis luy souvint qu'il est predestiné,
Qu'advenir doibt un temps determiné,
Que mer, que terre et la maison prisée
Du ciel luysant, ardra toute embrasée,
Et qu'on doit veoir le trèsgrand edifice
Du monde rond en labeur et supplice.

    Lors on cacha les dardz de feu chargez,
Des propres mains des Cyclopes forgez,
Et d'une peine au feu toute contraire
Luy plaist user : car soubz eaux veult defaire
Le mortel genre, et sur les terres toutes
De tout le ciel jetter pluyes et goutes.

    Incontinent aux cavernes de Eole
Enclost le vent Aquilon qui tost vole ;
Semblablement en ses fosses estuye
Tous ventz chassans la nue apportant pluye,
Et seulement meit Notus hors d'icelles ;
Lors Notus vole avec ses moytes esles ;
Son vis terrible est couvert ceste foys
D'obscurité noire comme la poix ;

Par force d'eau sa barbe poyse toute ;
De ses cheveulx tous chenuz eau degoute ;
Dessus son front moyteurs coulent et filent ;
Son sein par tout et ses plumes distilent.
    Puis quand il eust çà et là nues maintes
Pendant en l'air dedans sa main estrainctes,
Gros bruyt se faict, esclers en terre abondent,
Et du hault ciel pluyes espesses fondent.
    Iris aussi, de Juno messagere,
Vestant couleurs de façon estrangere,
Tire et conçoit grandes eaux et menues,
En apportant nourrissement aux nues,
Dont renversez sont les bledz à oultrance,
Mortz sont et vains les vœux et l'esperance
Des laboureurs, et fut perdu adonc
Tout le labeur de l'an, qui est si long.
Encor pour vray l'yre ouverte et patente
De Juppiter ne fut assez contente
Des grandes eaux que de son ciel jecta,
Mais Neptunus son frere s'appresta
De promptement à son ayde envoyer
Grand renfort d'eaux pour le monde noyer.
Et à l'instant tous ses fleuves il mande,
Lesquelz entrez dedans la maison grande
De leur seigneur, en bref dire leur vient :
« Pour le present user ne vous convient
De long propos : voz forces descouvrez,
Ainsi le fault, et voz maisons ouvrez :
Puis en ostant voz obstacles et bondes
Laschez la bride à voz eaux furibondes. »
    Ce commandé, s'en revont à grans courses
Tous les ruisseaulx. L'entrée de leurs sources
Laschent à plein, et d'un cours effrené
Tout à l'entour des grans mers ont tourné.
    Neptune adonc de son sceptre massif

Frappa la terre, et du coup excessif
Elle trembla, si que du mouvement
Elle feit voye aux eaux apertement.

Si vont courant tous fleuves espanduz
Parmy les champs ouvertz et estenduz,
En ravissant avec les fruictz les arbres,
Bestes, humains, maisons, palais de marbres,
Sans espargner temples painctz et dorez,
Ne leurs grans Dieux sacrez et adorez.

Et s'ainsi est qu'aucun logis debout
Soit demouré en resistant du tout
A si grand mal, toutesfoys l'eau plus haulte
Cœuvre le fest, et par dessus luy saulte.
Que diray plus ? Grandes tours submergées
Cachées sont soubz les eaux desgorgées :
Et n'y avoit tant soit peu d'apparence
Qu'entre la mer et terre eust difference.
Tout estoit mer, et la mer, qui tout baigne,
N'a aucuns borts : l'un pour se saulver gaigne
Quelque hault mont ; l'autre tout destourbé
Se sied dedans un navire courbé :
Endroit au lieu il tire l'aviron
Où labouroit n'agueres environ.

L'un sur les bledz conduit nefz et bateaulx,
Ou sur le hault des villes et chasteaulx,
Qui sont noyez : l'autre sur les grans ormes
Prend à la main poissons de maintes formes.
L'ancre de mer se fiche au pré tout verd :
Fortune ainsi l'a voulu et souffert.
Bateaulx courbez couvrent les beaulx vignobles ;
Gisans soubz l'eau, et plusieurs terres nobles,
Et au lieu propre où chevres et moutons
Broustoient n'agueres herbes, fleurs et boutons,
Là maintenant balaines monstrueuses
Posent leurs corps. Les Nymphes vertueuses,

Regnans en mer, et belles Neréides
S'estonnent fort de veoir soubz eaux liquides
Forestz, maisons, villages et citez ;
Par les daulphins les boys sont habitez,
Et en courant parmi ces haultz rameaulx,
Heurtent maint tronc agité des grans eaux.

    Entre brebis nagent loups ravissans ;
La mer soustient les roux lyons puissans ;
Tigres legers porte l'eau undoyante ;
De rien ne sert la force fouldroyante
Au dur sanglier, ne les jambes agiles
Au cerf ravy par les undes mobiles.

    Et quand l'oyseau vagant a bien cherché
Terres ou arbre où puisse estre branché,
A la fin tombe en la mer amassée,
Tant est du vol chascune esle lassée.

    Ja de la mer la fureur à grans brasses
Avoit couvert et mottes et terrasses ;
Vagues aussi qui de nouveau flotoient,
Les haultz sommetz des montaignes batoient ;
Bref, la pluspart gist engloutie et morte
Dedans la mer. Ceulx que la mer n'emporte,
Le long jeusner de tel' façon les mine,
Qu'à la parfin tombent mortz de famine.

    Or separez sont les champs trèsantiques
Aoniens d'avecques les Attiques,
De par Phocis, terre grasse, j'entens
Quand terre estoit ; mais en iceluy temps
La plus grand'part n'estoit que mer comblée,
En un grand champ d'eau subit assemblée.

    En ce pays Parnassus, le hault mont
Tendant au ciel, se dresse contre mont
A double crouppe, et les nues surpasse
De sa haulteur. Sur ceste haulte place,
Pource que mer couvroit le demourant,

Deucalion aborda tout courant
En une nef, qui grande n'estoit mye,
Avec Pyrrha, sa compaigne et amye.
Les Dieux du mont et Nymphes Corycides
Là adoroient, prians à leurs subsides
Themys, disant les choses advenir,
Qui lors souloit des oracles tenir
Le temple sainct : oncques ne fut vivant
Meilleur que luy, ne de plus ensuyvant
Vraye equité, et n'eust onc au monde ame
Plus honorant les Dieux, que icelle dame.
 Quand Juppiter veit par l'eau continue
Que terre estoit un estang devenue,
Et ne rester de tant de milliers d'hommes
Maintenant qu'un sur la terre où nous sommes,
Et ne rester de tant de femmes que une ;
Voyant aussi que sans malice aucune
Tous deux estoient, et tous deux amateurs
De son sainct nom et vrays adorateurs :
Cela voyant, les nues qui tant pleurent
Rompt et separe. Et quand les pluyes furent
Par Aquilon chassées en maintz lieux,
Aux cieulx la terre, à la terre les cieulx
Il va monstrer : aussi l'ire et tempeste
De la marine illec plus ne s'arreste.
 Puis Neptunus, sur la mer president,
Et mettant jus son grand sceptre et trident,
Les eaux appaise, et huche sans chommer
Le verd Triton flottant dessus la mer,
Le dos couvert de pourpre faict exprès
Sans artifice, et lui commande après
Souffler dedans la resonnant buccine,
Et r'appeler, après avoir faict signe,
Fleuves et flotz. Lors Triton prend et charge
Sa trompe creuse entortillée en large,

Et qui du bas vers le hault croist ainsi
Qu'un tourbillon ; laquelle trompe aussi,
Après qu'elle a prins air tout au millieu
De la grand' mer, chascun rivage et lieu
Gisant soubz l'un et soubz l'autre soleil
Elle remplit de son bruict non pareil :
Laquelle aussi, quand elle fut joignante
Contre la bouche à Triton degoutante,
Pour la moyteur de sa barbe chargée,
Et qu'en soufflant la retraite enchargée
Elle eust sonné, par tout fut entendue,
Des eaux de terre et de mer estendue,
Tant que les eaux, qui l'ouyrent corner,
Contraignit lors toutes s'en retourner.
Desjà la mer prend borts et rives neufves ;
Chascun canal se remplit de ses fleuves ;
Fleuves on voit baisser et departir,
Et hors de l'eau les montaignes sortir ;
Terre s'esleve, et les cieulx, qui paroissent,
Croissent aussi comme les eaux decroissent.

Longs jours après, boys et forestz mouillées
Manifestoient leurs testes despouillées
De fueille et fruict, au lieu de quoy retindrent
Les gras lymons, qui aux branches se prindrent;
Restably fut tout pays despourveu,
Lequel estant par Deucalion veu
Large et ouvert, et que terrestre voye
Mise en desert faisoit silence coye,
La larme à l'œil adonc il souspira,
Parlant ainsi à sa femme Pyrrha.

« O chere espouse, ô ma sœur honorée,   Deucalion
O femme seule au monde demourée,   Pyrrha.
Que commun sang, puis parenté germaine,
Puis mariage ont joincte à moy prochaine,
Et à présent joincte à moy de rechef

Par ce peril et dangereux meschef
De toute terre et pays evident
De l'Orient et de tout l'Occident ;
Nous deux seuletz sommes tourbe du monde;
Le residu possede mer profonde,
Et n'est encor la fiance et durée
De nostre vie assez bien asseurée ;
Et d'autre part, les nues qu'icy hantent
Nostre pensée asprement espoventent.
    Si par fortune eschappée sans moy
Fusses des eaux, quel courage or en toy
Fust demeuré ? O chetifve et dolente,
Comme eusses tu tel' craincte violente
Seule souffert ? Qui te fust consoleur,
Pour supporter maintenant ta douleur ?
Certes, croy moy, si l'eau t'avoit ravie
Je te suyvrois, et l'eau auroit ma vie. [j'eusse
Que pleust aux Dieux qu'un si grand pouvoir
Que par les arts de mon pere je peusse
Renouveller toute gent consommée,
Et mettre esprit dedans terre formée.
    Le genre humain reste en nous deux et pource
Doit en nous deux prendre fin ou resource,
Et des humains demourons la semblance :
Telle a esté des haultz Dieux l'ordonnance. »
    Après ces motz, après pleur et crier,
Bon leur sembla devotement prier
Themis celeste, et soubz divins miracles
Chercher secours en ses sacrez oracles.
Lors n'ont tardé : tous deux s'en vont aux undes
De Cephysus, non bien cleres et mundes
Encor du tout, mais bien ja retirées
Au droict vaisseau duquel s'estoient tirées ;
Et quand jecté eurent de l'eau benye
Sur leurs habitz en grand' cerimonie

Et sur leurs chefz, ilz prindrent leur adresse
Droict vers le temple à la sacre Déesse,
Dont les sommetz et voultes se gastoient
De layde mousse, et les autels estoient
Sans sacrifice, et les lampes estainctes.   [tes,
    Puis quand du temple ont les marches attainc-
Un chascun d'eulx s'encline contre terre,
Et tout crainctif baise la froide pierre,
Disant ainsi : « Si en tristes saisons
Les Dieux vaincuz par justes oraisons
Sont amolliz, et si courroux et ire
Fleschist en eulx, helas ! vueilles nous dire,
Dame Themys, par quel art ou sçavoir
Reparable est la perte que peulx veoir
De nostre genre, et aux choses noyées
Tes aydes soient par doulceur octroyées. »
    Adonc s'esmeut ce divin simulacre,
Et leur respond : « Partez du temple sacre,
Couvrez vos chefz en devotions sainctes,
Et desliez voz robes qui sont ceinctes ;
Après, jettez souvent par sus le dos
De vostre antique et grand' mere les os. »
    Lors esbahiz demeurent longuement ;
Et puis Pyrrha, parlant premierement,
Rompt la silence, et d'obéir refuse
Aux motz et dictz dont celle Déesse use,
En la priant (avec crainctive face)
Devotement qu'en ce pardon luy face,
Et d'offenser crainct de sa mère l'ame,
Jettant ses os, et de luy faire blasme.
    Tandis entre eulx revolvent et remirent
Les motz obscurs de l'oracle que ouvrent
Soubz couverture ambiguë donné,
Deucalion (comme moins estonné)
Rasseure après et doulcement console

La femme simple avec telle parolle :   [lent :
« Croy moy, Pyrrha, que les Dieux pour nous veil-
Ilz sont tous bons, et jamais ne conseillent
Rien de maulvais, et si trop fort je n'erre,
Nostre grand'mere antique, c'est la terre.
Ses ossements (selon le mien recors)
Les pierres sont, qu'elle a dedans son corps.
Et commandé nous est de les lancer
Derriere nous. » Combien qu'en bon penser
Pyrrha fut mue à cause de l'augure,
Que son mary bien expose et figure,
Ce nonobstant son espoir est doubteux,
Et moult encor se deffient tous deux
De cest oracle. En après vont disant :
« Mais que nuyra l'espreuve ce faisant ? »
Sur ce s'en vont du temple où se humilient,
Couvrent leurs chefz, et leurs robes deslient,
Et derriere eulx (à toutes adventures),
Comme on leur dit jettent les pierres dures.

Pierres converties en hommes et femmes.   Les pierres lors vindrent à delaisser
Leur deureté, et rudesse abaisser,
A s'amollir, et en amollissant
Figure humaine en elles fut yssant.
Mais qui croira que ce soit verité,
Si pour tesmoing n'en est l'antiquité ?

    Bien tost après que croissance leur vint,
Et que nature en icelles devint
Plus doulce et tendre, aucune forme d'homme
On y peult veoir, non pas entiere, comme
Celle de nous, mais ainsi que esbauchée
D'un marbre dur, non assez bien touchée,
Et ressembloient du tout à ces images
Mal rabotez, et rudes en ouvrages.

    Ce néantmoins, des pierres la partie
Qui fut terreuse, ou molle, ou amoytie

D'aucun humeur, elle fut transformée
En chair et sang d'homme ou femme formée.
Ce qui est dur, et point ne flechissoit,
En ossement tout se convertissoit :
Ce qui estoit veine de pierre, à l'heure
Fut veine d'homme, et soubz son nom demeure.
Si qu'en bref temps les pierres amassées,
Qui par les mains de l'homme sont lancées,
Des hommes ont (par le pouvoir des Dieux)
Prins la figure en corps, en face et yeulx ;
Aussi du ject de la femme esgarée
La femme fut refaicte et reparée.
Et de là vient que sommes (comme appert)
Un genre dur, aux gros labeurs expert,
Et bien donnons entiere congnoissance
D'où nous sortons, et de quelle naissance.

Quand l'humeur vieille alors ces eaulx laissée
Fut par l'ardeur du cler soleil pressée
D'eschauffoyson, et que paludz et fanges
Furent enflez soubz ces chaleurs estranges,
Terre engendra tous autres animaulx,
De son vueil propre en formes inegaulx.
Pareillement les semences des choses
Concevans fruict, nourries et encloses
En terre grasse à produire propice,
Comme au gyron de leur mere et nourrice,
Vindrent à croistre, et demourance y tindrent
Si longuement qu'aucune forme prindrent.

Qu'il soit ainsi, quand l'eau du Nil, qui court
Par sept tuyaulx, a delaissé tout court
Les champs moillez, et chascun sien ruisseau
Rendu dedans son antique vaisseau ;
Après aussi que le lymon tout frais
Est eschauffé du soleil et ses rais,
Les paysans plusieurs animaulx trouvent.

La terre transformée en diverses figures d'animaulx.

Faictz et créez de mottes où se couvent ;
Et en peult on en elles veoir assez
Qui seulement ne sont que commencez ,
Pour le bref temps de leur tout nouveau naistre.
Semblablement d'autres y voit on estre
Tous imparfaictz, qui à demy sont nez,
D'espaule, teste, ou jambes tronçonnez,
Et du corps mesme imparfaict l'une part
Bien souvent vit, l'autre est terre sans art.

 Certes après que humeur de froid esprise,
Et chaleur aspre ont attrempance prise,
Produisans sont, et conçoivent et portent,
Et de ces deux toutes les choses sortent.

 Et quoy que feu à l'eau contraire soit,
Humide chault toutes choses conçoit,
Et par ainsi concorde discordante
A geniture est apte et concordante.

 Donques après que la terre mouillée,
Et du nouveau deluge fort souillée,
Vint à sentir de rechef le grand chault
De l'air prochain et du soleil trèshault,
Elle meit hors cent mille especes siennes,
Et d'une part les formes anciennes
Restitua, jadis mortes des eaux,
De l'autre part feit monstres tous nouveaulx.

La mort
du serpent
Phyton,
dont vind-
rent les jeux
nommés
Phyties.

 O grand Phyton, monstre horrible et infect,
Terre vouldroit (certes) ne t'avoir faict ;
Mais toutesfoys elle (dont se repent)
T'engendra lors, ô incongneu serpent ;
Au peuple neuf aussi craincte donnois,
Tant large lieu de montaigne tenois.

 Or Apollo, tenant pour faire alarmes
L'arc et la flesche, et qui de telles armes
Par cy devant n'usoit jamais que contre
Chevres fuyans, ou daims à sa rencontre,

Ce gros serpent rua mort estendu,
Par coups noirciz du venin espandu,
Soubz tant de traictz tirez à tel' secousse,
Que toute vuyde en fut quasi sa trousse.
  Et puis affin que vieil Temps advenir
Ne sceust du faict la memoire ternir,
Il establit sacrez jeux et esbats
Solennisez par triumphans combats,
Phyties dietz du nom du grand Phyton,
Serpent vaincu ; pour cela les feit on.
  En celuy prix quiconque jeune enfant
A lucte, à course, ou au char triumphant
Estoit vainqueur, par honneur singulier
Prenoit chappeau de fueilles de meslier,
Car le laurier encores ne regnoit :
Et en ce temps Phebus environnoit
Sa blonde teste à long poil bien séante
De chascun arbre et fueille verdoyante.
  L'amour premiere au cueur de Phebus née,

Daphné
transformée
en laurier.

Ce fut Daphné, fille au fleuve Penée,
Laquelle amour d'aucun cas d'aventure,
Ne luy survint, mais de l'ire et poincture
De Cupido. Phebus, tout glorieux
D'avoir vaincu le serpent furieux,
Veit Cupido, qui de corde nerveuse
Bendoit son arc de corne sumptueuse :

Sagettes
de Cupido.

Si luy a dit : « Dy moy pourquoy tu portes,
Enfant lascif, ces riches armes fortes ?
Ce noble port qui sur ton col s'assiet
Mieulx en escharpe à mes espaules siet,
Qui bien en sçay donner playes certaines
Aux ennemys, aux bestes inhumaines ;
Qui puis un peu par sagettes sans nombre
Ay rué jus le serpent plein d'encombre,
Phyton l'enflé, dont la mortelle pance

Fouloit de terre incredible distance.
    Tiens toy content d'esmouvoir en clamours,
Par ton brandon, ne sçay quelles amours,
Et desormais n'approprie à toy mesmes
Ainsi à tort noz louenges supresmes. »
    Lors luy respond de Venus le filz cher :
« Fiche ton arc ce qu'il pourra ficher,
O Dieu Phebus, le mien te fichera :
Ainsi ton bruit du mien est et sera
Moindre d'autant que bestes en tout lieu
Plus foibles sont et plus basses qu'un Dieu. »
    Ainsi disoit, et quand en ces volées
Eust trenché l'air des aesles esbranlées,
Il se planta prompt et leger dessus
L'obscur sommet du hault mont Parnassus,
Et de sa trousse où mect ses dardz pervers
Tira deux traictz d'ouvrages tous divers :
L'un chasse amour, et l'autre l'amour crée ;
Tout doré est celluy qui la procrée,
Et à ferrure agüe, clere et coincte :
Cil qui la chasse est rebouché de poincte,
Et a du plomb tout confict en amer
Soubz l'empennon. Cupido, dieu d'aymer,
Ficha ce traict, qui est de mercy vuyde,
Contre Daphné, la nymphe Peneyde,
Et du doré les os il traversa
Du blond Phebus, et au cueur le blessa.
    Subitement l'un ayme, et l'autre non,
Ains va fuyant d'amoureuse le nom,
Et jusque aux trous des boys chasser venoit ;
Bref, la despouille aux bestes que prenoit,
C'estoit sa grand' joye quotidiane,
En imitant la pucelle Dyane,
Et d'un bandeau ses cheveulx mal en ordre
Serroit au chef, sans les lyer ne tordre.

Plusieurs l'ont quise, à l'espouser tendans,
Mais tousjours feit refuz aux demandans,
Sans vouloir homme ; et, du plaisir exempte,
Va par les boys qui n'ont chemin ne sente,
Et ne luy chault sçavoir que c'est de nopces,
Ne aussi d'un tas d'amoureuses negoce
    Son pere aussi luy a dit maintesfoys :
« Ma chere fille, un gendre tu me doys, »
Et luy a dict cent foys, blasmant ses vœux :
« Tu me dois, fille, enfans et beaulx nepveux. »
    Elle, abhorrant mariage aussi fort
Qui si ce fust un crime vil et ord,
Entremesloit parmi sa face blonde
Une rougeur honteuse et vereconde :
Puis en flatant son pere desolé,
Et le tenant doulcement accolé :
« Mon trèscher pere, helas ! (ce disoit elle),
Fais moy ce bien, que j'use d'eternelle
Virginité. Juppiter immortel
Feit bien jadis à Diane un don tel.»
    Lors (ô Daphné) vray est qu'à ta demande
Ton pere entend : mais ceste beauté grande
A ton vouloir ne donne aucun adveu,
Et ta forme est repugnante à ton vœu.
    Phebus, qui tant la veit bien composée,
L'ayme, tousjours la souhaitte espousée ;
Ce qu'il souhaitte espere, quoy que soit,
Mais son oracle à la fin le deçoit ;
Et tout ainsi que le chaulme sec ard
Quand on a mis les espiz à l'escart,
Comme buyssons ardent par nuyct obscure
D'aucuns brandons, qu'un passant d'aventure
En s'esclerant a approchez trop près
D'iceulx buyssons, ou les y laisse après
Qu'il veoit le jour, ainsi Phebus en flamme

S'en va reduict, et d'amour qui l'enflamme
Par tout son cueur se brusle et se destruict,
Et en espoir nourrist amour sans fruict

    Au long du col de Daphné veoit pendus
Ses blondz cheveulx, meslez et espandus.
« O dieux, dit il, si pignée elle estoit,
Que pourroit ce estre ? » En après s'arrestoit
A contempler ses estincellans yeulx,
Qui ressembloient deux estoilles des cieulx.

    Sa bouche veoit petite par compas,
Dont le seul veoir ne le satisfaict pas ;
Prise ses mains aussi blanches que lys,
Prise ses doigts, prise ses bras polys,
Semblablement ses espaules charnues,
Plus qu'à demy descouvertes et nues.

    S'il y a rien caché dessoubz l'habit,
Meilleur le pense : elle court plus subit
Que vent leger, et ne prend pied la belle
Aux dictz de cil qui en ce poinct l'appelle :

Phébus
Daphné.

    « Je te pry, Nymphe, arreste un peu tes pas :
Comme ennemy après toy ne cours pas :
Nymphe, demeure. Ainsi la brebiette
S'enfuyt du loup, et la bische foiblette
Du fort lyon ; ainsi les colombelles
Vont fuyant l'aigle avec fremissans aesles :
Ainsi chascun de ses hayneux prend fuyte,
Mais vraye amour est cause de ma suyte.

    O que je crains que tombes et qu'espines
Poignent tes piedz et tes jambes, non dignes
D'avoir blessure ! ô pour moy grand malheur,
Si j'estois cause en rien de ta douleur !

    Là où tu vas sont lieux fascheux et bestes ;
Je te supply (non pas que tu t'arrestes
Du tout sur pied) mais cours plus lentement,
Je te suivray aussi plus doulcement.

Enquiers, au moins, à qui tu plais, amye :
D'une montaigne habitant ne suis mye,
Ne pastoureau : point ne garde et fais paistre
Troupeaux icy, comme un vilain champestre
Tu ne sçais point, sotte, tu ne sçais point
Qui est celuy que tu fuys en ce poinct ;
Pource me fuys. La puissante isle Clare,
Delphe, Tenede, et aussi de Patare
Le grand palais me sert et obtempere ;
Juppiter est mon geniteur et pere ;
Tout ce qui est, sera et a esté
Aux hommes est par moy manifesté.
　Par moy encor maint beau vers poëtique
Accorde au son des cordes de musique,
Et ma sagette est pour vray bien certaine ;
Mais une autre est trop plus seure et soudaine,
Laquelle a faict playe en mon triste cueur,
Dont n'avoit onc Amour esté vainqueur.
　Medecine est de mon invention,
Et si suis dit par toute nation
Dieu de secours, et la grande puissance
Des herbes est soubz mon obéissance.
O moy chetif, ô moy trop miserable,
De ce qu'Amour n'est par herbes curable,
Et que les arts qui un chascun conservent.
A leur seigneur ne prouffitent ne servent ! »
　Alors Daphné craintive se retire
Loing de Phebus, qui vouloit encor dire
Maints autres motz, et laissa sur ces faictz
Avecques luy ses propos imparfaictz.
Lors en fuyant moult gente se monstroit :
Le vent par coups ses membres descouvroit,
Et voleter faisoit ses vestemens,
Qui resistoient contre les soufflemens ;
Puis l'air subtil repoulsoit en arriere

Ses beaulx cheveulx espanduz par derriere,
Dont sa fuyte a sa beauté augmentée;
Mais le dieu plein de jeunesse tentée
Plus endurer ne peult à ce besoing
Perdre et jetter son beau parler au loing,
Ains, comme amour l'admonneste et poursuyt,
D'un pas leger les traces d'elle suyt.
Et tout ainsi que le levrier agile,
Quand il a veu le lievre moins habile,
En un champ vague, et qu'au pied l'un conclud
Gaigner sa proye et l'autre son salut,
Le chien leger de près le semble joindre,
Et pense bien ja le tenir et poindre ;
Puis de ses dentz (ouvrant sa gueulle gloute)
Rase ses piedz ; lors le lievre est en doubte
S'il est point prins : ceste morsure eschappe,
Et de la dent qui coup sur coup le happe
Il se desmesle, et fuyt tout estonné.
Ainsi est il de Phebus et Daphné :
Espoir le rend fort leger à la suyte,
Craincte la rend fort legere à la fuyte :
Mais le suyvant, qui des esles d'amours
Est soulagé, va de plus soudain cours,
Sans point donner de repos ne d'arrest
A la fuyante, et si prochain il est
De ses talons, que jà de son alaine
Ses beaulx cheveulx tous espars il alaine.
    Quand de Daphné la force fut estaincte,
Pasle devint : lors vaincue et attaincte
Par le travail d'une si longue course,
Va regarder de Peneus la source,
Disant : « Mon pere, ayde à mon cueur tant las,
Si puissance est en voz fleuves et lacs. »
Puis dit : « O terre, or me perds et efface,
En transmuant ma figure et ma face,

Par qui trop plais, ou la transgloutis vive,
Elle qui est de mon ennuy motive. »
   Ceste priere ainsi finie à peine,
Grand pasmoyson luy surprend membre et
De son cueur fut la subtile toilette   [veine :
Tournée en tendre escorce verdelette;
En fueilles lors croissent ses cheveulx beaulx,
Et ses deux bras en branches et rameaulx.
Le pied qui fut tant prompt avec la plante,
En tige morne et racine se plante.
D'un arbre entier son chef la haulteur a,
Et sa verdeur (sans plus) luy demeura,
Parquoy Phebus l'arbre ayma dèsadonc ;
Et quant eust mis sa dextre sur le tronc
Encor sentoit le cueur de la pucelle
Se demener soubz l'escorce nouvelle.
   En embrassant aussi ses rameaulx vertz
Comme eust bien faict ses membres descou-
Il baise l'arbre, et tout ce nonobstant   [vertz,
A ses baisers l'arbre va resistant.
   Auquel Phebus a dict : « Puisque impossible
Est que tu sois mon espouse sensible,
Certainement mon arbre approprié
Seras du tout, et à moy dedié.
O vert laurier, tousjours t'aura ma harpe,
Ma claire teste et ma trousse en escharpe,
Et si seras des capitaines gloire
Tous resjouys, quand triumphe et victoire
Chanteront hault les claires voix et trompes,
Et qu'on verra les grans et longues pompes
Au Capitole, aux consacrez posteaux,
Seras debout devant les grans portaulx,
Féale garde, et au loz de ton regne
Entrelassé seras autour dü chesne :
Et tout ainsi que mon beau chef doré

Est tousjours jeune et de poil decoré,
Vueilles aussi porter en chascun aage
Perpetuel honneur de vert fueillage. »
Ces motz finiz, le laurier se y consent
En ses rameaulx qui sont faitz de recent,
Et si sembloit bransler en sorte honneste
Sa sommité, comme on bransle la teste.

En Thessalie une haulte forest
Par tout enclost un val, qui encor est
Nommé Tempé, temperé, fleurissant,
Parmi lequel Peneus, fleuve yssant
Du fons du pied de Pindus, grand'montaigne,
D'eaux escumans le pays tourne et baigne.
D'un roide cours les nues embrumées
Va conduisant, qui petites fumées
Semblent jetter, et va si roidement
Contre les rocz, que du redondement
Les boys arrousse, et de son bruyt, qui sonne,
Les lieux plus loing que ses voisins estonne.

Là la maison, là le siege l'on treuve
Et lieu secret de Peneus, grand fleuve :
Là comme roy resident en ses terres,
En sa caverne estant faicte de pierres,
Gardoit justice aux undes là courantes,
Pareillement aux Nymphes demourantes
En celles eaulx. Premier sont là venuz
Tous les prochains fleuves à luy tenuz,
Non bien sachans si chere luy feront,
Ou pour sa fille ilz le consoleront,
Que perdue a. Sperche y vint à propos,
Portant peupliers, Eniphe sans repos,
Le doulx Amphryse et le vieil Apidain,
Avec Eas ; d'autres fleuves soudain
Y sont venuz, qui de quelque costé
Où soient portez d'impetuosité,

En la mer font leurs undes retourner
Quand lassez sont de courir et tourner.
   Le fleuve Inache, à par soy tout fasché,
Seul est absent, et au profond caché
De son grand creùx, l'eau par larmes augmente,
Et tout chetif sa fille Yo lamente
Comme perdue : il ne sçait si en vie
Elle est au monde, ou aux enfers ravie ;
Mais pour autant que point ne l'apperçoit
En aucun lieu, cuide qu'elle ne soit
En aucun lieu, et crainct en ses esprits
Que pirement encores luy soit pris.
   Or quelquefoys Juppiter eternel
La veit venir du fleuve paternel ;
Si luy a dict : « O vierge bien formée ;
De Juppiter trèsdigne d'estre aymée,
Et qui dois faire un jour par grand delict
Je ne sçay qui bien heureux en ton lict,
Ce temps pendant que le soleil trèshault
Est au milieu du monde ardant et chault,
Vien à l'umbrage en ce boys de grand'monstre,
Ou en cestuy : » et tous deux les luy monstre;
« Et si tu crains entrer seulette aux creuses
Fosses et trouz des bestes dangereuses,
Croy qu'à seurté iras doresnavant
Soubz les secretz des forestz, moy devant,
Qui suis un Dieu, non point des moindres Dieux,
Mais qui en main le grand sceptre des cieulx
Tiens et possede, et qui darde et envoye
La fouldre esparse en mainte place et voye ;
Ne me fuy point. » Or fuyoit elle fort ;
Et ja de Lerne avoit, par son effort,
Oultrepassé les pastiz et les plains,
Et les beaulx champs Lycées, d'arbres pleins.
Quand Juppiter couvrit terre estendue

D'obscurité parmy l'air espandue,
Retint la fuyte à Yo, jeune d'aage,
Et par ardeur ravit son pucellage.
    Ce temps pendant, Juno des courtz haultaines
Regarde en bas, au milieu des grans plaines :
Si s'esbahit dont les nues subites
Soubz le jour cler avoient aux bas limites
Faict et formé la face de la nuict,
Et bien jugea que d'aucun fleuve induict
A grans moyteurs ne sont faictes ces nues,
Ne de l'humeur de terre en l'air venues.
    Puis çà et là regarde d'œil marry
Où estre peult Juppiter son mary,
Comme sachant les emblées secretes
Du sien espoux, tant de foys en cachetes
D'elle surpris, et après que apperceu
Ne l'a au ciel : « Ou mon cueur est deceu
(Dit elle alors), ou je suis offensée. »
    Puis du hault ciel soudainement baissée
Se plante en terre, et commande aux nuées
Loing s'en aller, d'obscurté desnuées :
Mais Juppiter, qui bon temps se donnoit,
Prevoioyt bien que sa femme venoit,
Et jà avoit d'Yo, fille de Inache,
Mué la forme en une blanche vache,
Belle de corps comme Yo fut en vis.
    Adonc Juno (quoy que ce fut envis)
En estima la forme et le poil beau,
Et si s'enquiert à qui, de quel troupeau
Et d'où elle est, comme ñon congnoissant
La verité. Juppiter, dieu puissant,
Dit en mentant qu'elle est née de terre,
A celle fin que l'on cesse d'enquerre
S'il l'a poinct faicte ; et lors Juno la grande
Icelle vache en pur don luy demande.

o en
he.

Que pourra il or faire ou devenir ?
C'est cruauté ses amours forbannir :
Ne luy donnant, la faict souspeçonner;
Honte en après l'incite à luy donner;
Puis amour est à l'en divertir prompte,
Et en effect amour eust vaincu honte;
Mais si la vache (un don qui peu montoit)
Eust refusée à celle qui estoit
Sa femme et sœur, sembler eust peu adonque
Visiblement que vache ne fut onques.

    Quand Juno eut en don son ennemye,
Du premier coup elle ne laissa mye
Toute sa paour, et craignit grandement
Que Juppiter luy prinst furtivement
Jusques à tant qu'ès mains d'Argus l'eust mise
Filz d'Aristo, pour en garde estre prise.

    Or tout le chef avoit cestuy Argus
Environné de cent yeulx bien agus,
Qui deux à deux à leur tour sommeillans,
Prenoient repos : tous les autres veillans
Gardoient Yo, et en faisant bon guet
Demouroient tous arrestez en aguet ;
En quelque lieu où fut Yo la belle,
Incessamment regardoit devers elle ;
Devant ses yeulx Yo toujours il voit,
Quoy que sa face ailleurs tournée avoit.

    Quand le jour luyst, il seuffre qu'elle paisse;
Quand le soleil est soubz la terre espaisse,
L'enferme et clost, et du rude chevestre
Lye son col, qui n'a merité d'estre
Ainsi traicté. De fueille d'arbre dure
Et d'herbe amere elle prend sa pasture :
Puis la povrette en lieu de molle couche
Toute la nuict dessus la terre couche,
N'ayant tousjours de la paille qu'à peine,

Et boyt de l'eau de bourbier toute pleine.
    Quand elle aussi, qui si fort se douloit,
Devers Argus ses bras tendre vouloit,
S'humiliant, las ! la doulcette et tendre
N'a aucuns bras qu'à Argus puisse tendre,
Et s'efforçant lamenter, de sa gorge
Un cry de vache et mugissant desgorge,
Tant que du son en craincte se bouta,
Et de sa voix propre s'espoventa.
Après s'en vint aux rives de son père
Le fleuve Inache, où en soulas prospere
Souloit jouer souvent avec pucelles.
Et quant en l'eau veit ses cornes nouvelles,
Eut grande peur, et de la craincte extresme
S'effarouchoit et se fuyoit soymesme.
Ignorans sont les Nayades encore,
Voyre Inachus le fleuve mesme ignore
Qui elle soit : mais pour les rendre seurs,
Suyvoit son pere, et si suyvoit ses sœurs :
Estre touchée assez elle souffroit,
Et à iceux (tous esbahys) s'offroit.
    Le bon vieillard Inachus à jonchées
Luy presenta des herbes arrachées :
Soudain ses mains elle luy vint lecher,
Baisant la paulme à son pere trèscher,
Et retenir onc ses larmes ne sceut,
Et se orendroit de parler la grace eust,
Elle eust requis secours et ayde aucune,
Et recité son nom et sa fortune.
    En lieu de motz la lettre qu'imprima
Son pied en terre, adoncques exprima
Parfaictement et mit en descouvrance
Du corps mué la triste demonstrance.
    « O moy chetif, cria lors esperdu
Son pere Inache, et aux cornes pendu,

Aussi au col de la vache luysante
En son poil blanc, et en dueil gemissante,
« O moy chetif (dit il par plusieurs foys),
N'est ce pas toy, ma fille, que je voys
Cherchant partout ? Or est chose esprouvée
Qu'en te trouvant je ne t'ay point trouvée,
Et mes douleurs plus que devant sont grandes.
Las ! tu te tays, et aux miennes demandes
Tu ne rens point responses reciproques,
Tant seulement aigres souspirs evoques
Du cueur profond, et ce que faire peulx,
A mon parler mugis comme les beufz.

    Las ! je, povret, ignorant tout ce mal,
Te preparois cierge et lict nuptial ;
D'un gendre fut l'espoir premier de moy,
Et le second de veoir enfans de toy.
Or d'un troupeau mary te fault avoir,
Et d'un troupeau lignée recevoir,
Et n'est possible à moy que finir face
Tant de douleurs par mort qui tout efface,
Ains estre Dieu ce m'est nuysante chose,
Et de la mort la porte qui m'est close
Prolonge et faict le mien regret durable
En aage et temps eternel perdurable. »
    Comme Inachus disoit son desconfort,
Argus se leve, et, en le poulsant fort,
Mene par force en pasturages maintz
La povre fille arrachée des mains
De son cher pere, et puis occupe et gaigne
Legerement le hault d'une montaigne
Assez loingtaine, où se sied et acule,
Et là séant en toutes partz specule.
    Lors Juppiter, roy de tous les celestes,
Plus endurer ne peult tant de molestes
A celle Yo, du bon Phorone extraicte.

CLÉMENT MAROT, III.   13

Si appella son filz que une parfaicte
Clere Pleiade eust en enfantement :
Mercure eust nom : luy feit commandement
D'occire Argus. Si ne demoura gueres
Mercure à prendre aux piedz esles legeres,
En main puissante aussi la verge preste
D'endormir gens, et son chappeau en teste.
   Tantost après que celuy dieu Mercure
Eust disposé tout cela par grand'cure,
Du hault manoir de son pere saulta
Jusques en terre, où son chappeau osta ;
Semblablement des esles se denue,
Et seulement sa verge a retenue.
D'icelle verge (en s'en allant) convoye
Brebis en troupe, à travers champs sans voye,
Comme un pasteur chantant de chalumeaulx
Faictz et construictz de pailles ou roseaulx.
   Argus, vacher de Juno, tout espris
Du son de l'art nouvellement apris,
Luy dit ainsi : « Quiconques sois, approche :
Tu pourras bien te seoir sur ceste roche
Avecques moy. En autre lieu du monde
L'herbe n'est point (pour certain) plus feconde
Pour le bestail ; tu veois aussi l'umbrage
Bon aux pasteurs en cestuy pasturage. »
   Mercure adonc s'assit auprès d'Argus,
Tint et passa en propos et argus
Le jour coulant, parlant de plusieurs poinctz ;
Et en chantant de ses chalumeaulx joinctz
L'un avec l'autre, à surmonter il tasche
Les yeulx d'Argus gardans Yo la vache ;
Et toutesfoys Argus vaincre s'efforce
Le doulx sommeil amolissant sa force.
Voyre, et combien que jusques au demy
De tous ses yeulx se trouvast endormy,

Ce nonobstant veille de l'autre part ;
S'enquiert aussi pourquoy et par quel art
Trouvée fut la fluste dont chantoit,
Car puis un peu inventée elle estoit.
   Lors dit Mercure : « Aux montz gelez d'Arcade,
En Nonacris, sur toute Hamadriade
Une Nayade y eut trèsrenommée :
Syringue estoit par les Nymphes nommée.
   Non une foys, mais par diverses tires,
Avoit moqué grand numbre de Satyres
Qui la suyvoient, et tous les Dieux avecques
Du boys umbreux et champ fertil d'illecques.
   En venerie et virginal' noblesse
Elle ensuyvoit Diana, la déesse
De l'isle Ortige, et accoustrée et ceincte
A la façon de ceste noble saincte,
Maintz eust deceu, et pour Diane aussi
Prendre on l'eust peu, ne fust que ceste cy
Avoit un arc de corne decoré,
Et ceste là en avoit un doré :
Encore ainsi maintes gens decevoit.
   Or le dieu Pan un jour venir la veoit
Du mont Lycée, et ayant sur sa teste
Chappeau de pin, luy feit ceste requeste.
   O noble Nymphe, obtempere au plaisir
D'un Dieu qui a grand vouloir et desir
De t'espouser. » Bref, mainte autre adventure
Restoit encor à dire par Mercure :
C'est asçavoir (tel priere ennuyante
Mise à despris) la nymphe estre fuyante
Par boys espez, tant que de grand randon
Vint jusque au bort du sablonneux Ladon,
Fleuve arresté, et comment à la suyte,
Lorsque les eaux empescherent sa fuyte,
Ses claires sœurs pria illecques près

Syringue
en roseau.

De la muer. : aussi comment après
Que Pan cuyda Syringue par luy prise,
Au lieu du corps de la Nymphe requise
Tint en ses mains des cannes et roseaux
Croissans autour des paludz et des eaux :
Comment aussi, quand dedans anhela,
Le vent esmeu dedans ces cannes là
Y feit un son delicat en voix faincte,
Semblable à cil d'un cueur qui faict sa plaincte;
Et comment Pan, surpris de son predict,
Et du doulx art tout nouveau, luy a dict :
« Cestuy parler et chant en qui te deulx
Sera commun tousjours entre nous deux. »
Aussi comment pour eternel renom
Dèslors retint et donna le droict nom
De la pucelle à ses flustes rurales,
Joinctes de cire, en grandeur inegales.

Ainsi pour vray que Mercure debvoit
Dire telz motz, les yeulx d'Argus il veoit
Tous succomber, et sa lumière forte
De grand sommeil enveloppée et morte.

Soudain sa voix refraignit et cessa,
Et puis d'Argus le dormir renforça,
Adoulcissant de la verge charmée
Les yeux foibletz de sa teste assommée.

Mort
d'Argus.

Lors tout subit d'un glaive renversé,
Baissant le chef, en dormant l'a blessé
Au propre endroict auquel est joincte et proche
La teste au col : puis du hault de la roche
Le jecte à val, et le mont hault et droict
Souille du sang. Ainsi es orendroit
Gisant par terre, ô Argus, qui vivois,
Et la clarté qu'en cent yeulx tu avois
Est or estaincte, et la seule obscurté
De mort surprent cent yeulx et leur clarté.

Adonc Juno prend ces yeulx, et les fiche
Dessus la plume au paon, son oyseau riche,
Et luy emplit toute la queue d'yeulx,
Clers et luysans comme estoilles des cieulx.

Les yeulx
d'Argus
mys
à la queue
du Paon.

    Soudain Juno en ire ardante brusle,
Et du courroux le temps ne dissimule ;
Car Erinnys, la déesse de rage,
Mit au devant des yeulx et du courage
D'icelle Yo, et cacha l'insensée
Maint aiguillon secret en sa pensée,
Espoventant par rage furibonde
La povre Yo fuyant' par tout le monde.
O fleuve Nil, en grand labeur et plaindre
Tu luy restois le dernier à attaindre,
Auquel pourtant à la fin elle arrive,
Et en posant tout au bout de la rive
Ses deux genoulx, se veautra en la place,
Et en levant sa telle quelle face
Vers le hault ciel, renversant en arriere
Son col de vache, en piteuse priere,
En larmes d'œil et en gemissemens,
Et en plainctifz et gros mugissemens,
Elle sembloit à Juppiter crier,
Et de ses maulx fin final' luy prier.

    Lors Juppiter de ses deux bras embrasse
Sa femme au col, la priant que de grace
Vueille de Yo finablement finir
La grande peine : « Et quant à l'advenir,
De moy, dit il, toute craincte demects,
Car ceste cy ne te sera jamais
Cause de dueil ; et aux stygieux fleuves
Commande ouyr cestuy serment pour preuves.»

    Quand Juno eust appaisé sa poincture,
Yo reprint sa premiere stature,
Et faicte fut ce que devant estoit :

Yo retourne
en forme
humaine.

Du corps s'enfuyt le poil qu'elle vestoit ;
Lors luy descroist des cornes la grandeur,
Moindre devient de ses yeulx la rondeur,
Gueule et museau plus petis luy deviennent,
Espaules, bras, et les mains luy reviennent ;
L'ongle de vache en nouveaulx piedz et mains
Fut devisée en cinq ongles humains.

Bref, rien n'y eut de la vache sur elle,
Fors seulement la blancheur naturelle,
Et tout debout fut la Nymphe plantée,
Du cheminer de deux piedz contentée,
N'osant parler, que de la gorge n'ysse
Mugissement comme d'une jenisse,
Et avec craincte essayoit à redire
Ce qu'autresfoys elle avoit bien sceu dire.

Or maintenant en déesse honorée,
Elle est du peuple en Egypte adorée,
Parquoy en elle Epaphus on pourpense
Estre engendré de la noble semence
De Juppiter, et bref, en lieux certains
Cestuy Epaphe a ses temples haultains,
Faicts à l'honneur de son pere et de luy.

Or en ce temps vray est qu'à icelluy
Estoit esgal de cueur, d'aage et puissance
Un qui avoit du Soleil prins naissance,
Dict Phaëton, qui jadis devisant
De ses grans faictz, et honneur non faisant
A Epaphus, en gloire se mectoit
Dont le Soleil son propre pere estoit.

**Debat
de Phaëton
et Epaphus.**
Ce qu'Epaphus ne peut pas bonnement
Lors endurer, et luy dit pleinement :
« O povre sot, tu mectz foy et credit
A tout cela que ta mere te dit,
Et te tiens fier, et louenges retiens
D'un pere fainct, qui pour vray ne t'est riens.»

Lors Phaëton rougit d'ouyr ce dire,
Et refraignit de vergogne son ire ;
Puis s'encourut à Clymene sa mere,
Luy apporter l'injure tant amere,
Et si luy dit : « Chere mere, au surplus,
Cela dequoy tu te dois douloir plus
C'est que rien n'ay repliqué sur l'injure ;
Car, quant à moy, je suis de ma nature
Doulx et courtois, et l'autre insupportant
Et oultrageux : mais j'ay honte pourtant
Dont tel opprobre on m'a peu imputer,
Et que sur champ ne l'ay sceu confuter.

Donc si creé suis de ligne celeste,
Monstre à present le signe manifeste
D'un genre tel, tant digne et precieux,
En maintenant que je suis des haultz cieulx. »

Ces motz finiz, ses deux bras avança,
Et de sa mere au col les enlassa,
La suppliant par son chef tant chery,
Et par celluy de Merops son mary,
Et en l'honneur des nopces de ses sœurs,
De luy donner signes certains et seurs
De son vray pere. En effect, à grand' peine
Sçait on lequel a plus esmeu Clymene,
Ou le prier par son filz proposé,
Ou le despit du reproche imposé.

Les bras au ciel lors tendit et leva,
Et regardant le Soleil elle va
Dire ces motz : « Par la lumiere saincte,
De luysans raiz environnez et ceincte,
Qui nous veoit bien, et qui entend noz voix,
Je jure, filz, que ce Soleil que vois,
Et qui le monde illumine et tempere,
T'a engendré, et que c'est ton vray pere.
Si menterie en mes propos je mets,

Je me consens qu'il face que jamais
Je ne le voye, et que ceste lumiere
Soit maintenant à mes yeulx la derniere.
 Or tu n'as pas grand affaire à congnoistre
La demourance à ton pere, et son estre,
Car la maison dont il se leve et part
Est fort voysine à nostre terre et part.
Si aller là tu desires et quiers,
Pars de ceste heure, et à luy t'en enquiers. »
 Quand Phaëton de sa mere eust ouy
Un tel propos, soudain fut resjouy,
Tressault de joye, et se promet soymesme
Les plus haultz dons des regions supresmes.
 Bref, son pays d'Ethiope il traverse,
Et les Indoys gisant soubz la diverse
Chaleur du ciel, et promptement de là
En la maison de son clair pere alla.

FIN.

Livre second de la Métamorphose d'Ovide.

Description
du palais
de Phebus.

Le grand palais où Phebus habitoit
Hault eslevé sur columnes estoit,
Tout luysant d'or et d'escarboucles fines,
Qui du clair feu en splendeur sont affines ;
De blanc yvoire estoit la couverture ;
Le grand portail fut à double ouverture,
De fin argent espandant mille raiz ;
Moult sumptueux estoit et de grans fraiz ;
Mais la façon les estoffes surpasse,
Car Mulciber, des fevres l'oultrepasse,
Y entailla de la mer la claire unde,
Qui tournoyoit la terre ferme et ronde,
Et y grava des terres le grand tour,
Avec le ciel qui se courbe à l'entour.
  En ceste mer les Dieux marins veoit on,
C'est asçavoir, le resonnant Triton,
Puis Protheus, qui se transforme ainsi
Comme il luy plaist, et Egéon aussi,
Lequel estrainct parmy les undes pleines
De ses grans bras les gros dos des baleines ;
Doris aussi, et ses filles ensemble,
Dont l'une part en la mer nouer semble ;
L'autre, séant' en quelque isle ou rocher,
Ses vertz cheveulx semble faire secher ;
L'autre au vif semble estre sur un poisson.
Visages n'ont toutes d'une façon,
Non pas aussi trop differens à veoir,
Mais comme il fault entre sœurs les avoir.
La terre, après, qui là estoit empraincte,
Hommes portoit, fleuves et ville mainte,

Bestes, forestz : Nymphes illec cherchans
Leur demourance, et autres Dieux des champs.
Puis là dessus estoit fort bien gravée
Du ciel luysant la figure eslevée,
Et y avoit dessus la porte dextre
Six signes clairs, et six à la senestre.

Phaëton.   En la maison que j'ay cy racomptée
Vint Phaëton par une grand' montée,
Et de prinsault devant les yeulx se boute
Du pere sien, dont il estoit en doubte :
Si se tint loing, car de plus près estant
N'eust peu souffrir clarté qui luysoit tant.

Le clair Phebus à la barbe dorée,
Robbe portant de pourpre colorée,
Séoit en trosne à sa haulteur duysant,
Garny de mainte esmeraude luysant.

Autour de luy sont en ce beau sejour
L'An et les Moys, les Siecles et le Jour.
Les Heures là tiennent aussi leurs places,
Toutes de reng par egales espaces.
Là est debout Printemps le nouveau né,
Qui d'un chappeau de fleurs est couronné ;
Là est sur piedz l'Esté, nud sans chemise,
D'espiz de bled la couronne au chef mise ;
Automne aussi, qui les membres tachez
Avoit par tout de raisins escachez,
Avec Yver, qui tremble et qui frissonne,
Et dont le poil tout chenu hérissonne.
Au milieu d'eulx Phebus son siege avoit ;
Lors de ses yeulx, dont toute chose voit,
Veit ce jeune homme estonné à merveilles
De veoir là hault choses si nompareilles ;
Si luy a dit à chef de temps ainsi :
« Que cherches tu en ce palais icy,
O Phaëton, enfant tresrecevable

De moy ton pere, et non desavouable ?
Que cherche tu ? — O lumiere pudicque,
Ce respond il, Phebus, mon pere unique,
S'il est ainsi que tu vueilles que j'use
De ce nom là, sans ce que j'en abuse,
Et s'il est vray que ma mere, qui faict
Tant de sermens, ne couvre son meffaict
Soubz couleur faulse, en te monstrant vray pere,
Fais moy un don par lequel il appere
Que je suis tien, et hors de ma pensée
Soit, je te pry, ceste doubte chassée. »
   Ces motz finiz, Phebus, qui l'escouta,
Ses clairs rayons estincellans osta
D'entour du chef, et luy commande après
De s'approcher hardiment de plus près ;
Puis l'accolla, disant : « En verité,
Mon cher enfant, tu n'as point merité
Que te renonce, et Clymene a produict
Vray, naturel et legitime fruict
S'il en fut onc : or sans autres tesmoings,
A celle fin que tu en doubtes moins,
Demande un don tel que tu le vouldras :
Tien toy certain que de moy ne fauldras
A l'obtenir. O grand serment des Dieux :
Paludz d'enfer, incongneuz à mes yeulx,
Soyez presens à ce que j'ay promis. »
   A peine avoit à fin son propos mis, .
Que Phaëton, d'une ardeur jeune et grande,
Le chariot de son pere demande,
Avec la charge et le gouvernement
De ses chevaulx, pour un jour seulement.
Dont tout à coup Phebus se repentit
D'avoir juré, et du grief qu'il sentit
Son chef luysant secoua plusieurs foys,
Disant : « Mon filz, ma parolle et ma voix

Trop de leger s'accorda à la tienne.
Que pleust aux Dieux que la promesse mienne
Retinse encor : je confesse ce poinct,
Que ce seul don ne t'accorderois point.

  Or est besoing de ton propos changer,
Car ton desir est plein de grand danger ;
O Phaëton, ton sens peu raisonnable
Quiert un hault don, voyre mal convenable
A ceste force encor' si peu virile,
Et à cest aage encor si puerile.
Tu es mortel et subject à trespas :
Ce que tu quiers mortel certes n'est pas,
Ainçoys te dy qu'il y a plus d'affaire
Qu'il n'est permis aux Dieux d'en pouvoir faire.
Bref, tu ne sçais que tu vas affectant ;
Les autres Dieux auront du pouvoir tant
Qu'il leur plaira : mais celuy seul je suis
Qui le flambant chariot mener puis.

  Le roy du ciel, dont la main merveilleuse
Jecte où luy plaist la fouldre perilleuse,
Ne s'y pourroit luy mesme habiliter,
Et qu'est il rien plus grand que Juppiter ?

  Si difficile est la voye premiere,
Que mes chevaulx ont peine coustumiere
A la monter, partans au poinct du jour,
Combien qu'ilz soient tous frais et de sejour.

  Le hault chemin est du ciel au milieu,
D'où bien souvent moy mesmes, qui suis Dieu,
Tremble et fremy de frayeur et d'esmoy,
Voyant la terre et la mer dessoubz moy.

  L'autre chemin dernier est en descente,
Et a besoing de conduite decente.
Aussi Thetys, qui en mer me reçoit,
Toujours s'effraye alors qu'elle apperçoit
Que je descens, et entre en paour subite

Que je ne tombe et ne me precipite.
  Et d'autre part, du hault ciel la rondeur
Incessamment tourne de tel' roydeur
Qu'avecques soy les estoilles il tire ,
Et d'un grand branle impétueux les vire ;
Mais j'y resiste, et la force qui dompte
Les autres tous, jamais ne me surmonte ;
Ains en allant du ciel tout au contraire
On voit du bas au plus hault me retraire.
  Prens donc le cas que le chariot myen
Je t'ay donné : entreprendras tu bien
Tirer devers les deux poles, en sorte
Que la roydeur du hault ciel ne t'emporte ?
  Tu crois (peult estre) en tes discours debilcs,
Que là hault sont forestz, temples et villes :
Je t'averty (affin que ne tresbuches)
Qu'aller il fault par dangers et embusches,
Et que passer te fault devant les formes
Des animaulx horribles et difformes.
Donques, affin que tu tiennes la voye
Si seurement que rien ne te desvoye,
Passer auprès des cornes conviendra
Du fier Taureau, qui contre toy viendra ;
Du Sagittaire ayant l'arc en la main,
Et du Lyon cruel et inhumain ;
Puis le chemin du Scorpion suyvras,
Qui d'un grand tour courbe ses villains bras ;
Celluy du Cancre aussi finablement,
Qui les deux bras courbe tout autrement.
  Et n'est en toy povoir par nulz travaulx
Du premier coup regir mes fiers chevaulx :
Fiers pour le feu qui ard en leurs poictrines,
Et qui leur sort par bouches et narines.
Certes, depuis que leurs aigres courages
Sont eschaufez, tant sont folz et volages,

Qu'à bien grand' peine ilz souffrent pour leur
Ma propre main, et tirent à la bride.   [guide
   Donques, affin que d'un don mortifere
Je ne t'estrene, helas ! mon filz, differe :
Prens garde à toy, et refrains ton desir
Ce temps pendant que tu as le loysir.
Tu veulx, affin d'avoir la congnoissance
Comme tu as de mon sang pris naissance,
Qu'un gage seur en tes mains s'abandonne :
Las ! en craingnant gage seur je te donne,
Et ceste peur que celer je ne puis
Tesmoingne assez que ton pere je suis.
Jecte un petit sur ma face tes yeulx,
Et voy mon tainct : que pleust ores aux Dieux
Que jusque au cueur me peusses veoir aussi,
Et là dedans comprendre mon soucy.
   Au demeurant, veoys tout ce qui abonde
En cestuy riche et universel monde,
Et de si grans et tant d'autres richesses
Dont terre et mer et ciel font leurs largesses
Demande m'en ce que bon tu verras ;
D'estre esconduit au danger ne cherras :
Fors qu'en cecy je ne te diray non,
Qui n'est que peine (à bien dire son nom)
Non point honneur. O mon enfant trèscher,
Peine pour don tu viens icy chercher.
Qui te fait tant estre à mon col pendu ?
Oste tes bras, flateur mal entendu ;
Tu obtiendras (et t'en tiens asseuré,
Puis que les eaux d'enfer j'en ay juré)
Ce que vouldras, tant soit la chose grande ;
Mais sois au moins plus sage en ta demande. »
   Ainsi Phebus son filz admonnestoit,
Qui à ses dictz fort repugnant estoit,
Opiniastre en son premier propos,

Et le beau char convoyte sans repos.
Donc quand son pere avec peine indicible
Eust differé tant qu'il luy fut possible,
Il le mena au lieu hault où rengé
Estoit ce char, par Vulcanus forgé :
D'or fut l'aisseul; d'or luysoient tout autour
Les deux lymons; d'or estoit le hault tour
De chasque roue, et l'ordre bel et gent
De chascun ray fut estoffé d'argent.
Sur les coliers sont belles chrysolites
Mises par ordre, avec gemmes eslites,
Desquelles fut grande lumiere issant,
Pour le soleil contre resplendissant.
Et ce pendant que l'œil et hault courage
De Phaëton contemploit cest ouvrage,
Aurore vint ouvrir les portes closes
De l'Orient, toutes plaines de roses.
Si vont fuyant les estoilles par routes,
Que Lucifer devant soy chasse toutes
À grans troupeaux; et après tout le reste
Sort le dernier de la maison celeste.
    Lors, aussi tost que Phebus apperçoit
Que terre et monde à rougir commençoit,
Et qu'il eust veu toutes pasles et mornes
Esvanouyr du croissant les deux cornes,
Il va soudain les Heures appeller,
Et les chevaulx leur commande atteler,
Ce qu'elles font: et les chevaulx superbes,
Fort bien repeuz d'ambrosiennes herbes,
Hors de l'estable ont tirez et guidez,
Et de leurs frains bien resonnans bridez.
    Le pere adonc d'un unguent precieux
Oingnit le blanc visage gracieux
De son cher filz, et de tendre et sensible
Contre l'ardeur le rendit deffensible;

Si luy a mis les raiz autour du chef,
Et les mectant redoubla de rechef
Mille souspirs, qui son prochain martyre
Pronostiquoient, et sur ce luy va dire :
« Au moins, mon filz, à l'advis que ton pere
Te veult donner, si tu peulx, obtempere :
Les fiers chevaulx piquer donne toy garde,
Ains par la resne à force les retarde.
De leur gré vont, voyre si roide et fort,
Qu'à les tenir fault merveilleux effort ;
Et ne fault pas que d'aller t'aventures
Directement le long des cinq arctures :
Le vray chemin qu'à tenir je t'encharge
Va de travers en curvature large,
Et seulement jusque à l'extremité
De trois cerceaux son but est lymité,
Du pole austral tant qu'il peult s'esloingnant,
Aussi de l'ourse, à l'Aquillon joingnant.
D'aller par là, non par ailleurs, t'advoue :
Tu verras bien les traces de la roue.
Et pour donner eschauffoison egale
A terre et ciel, ne monte ne devalle :
Car si ton char en l'air hault monter laisses,
Le ciel ardras : si aussi tu l'abaisses,
Par mesme feu la terre destruyras.
Tiens le moyen, à seurté tu yras.
Aussi, affin que la roue qui tourne
Du costé droict ne te meine et destourne
Au Serpent tors, et qu'au signe de l'Are
La gauche roue aussi point ne t'esgare,
Tien l'entredeux, ne fais destorse aucune ;
Le demourant le laisse à la Fortune,
Laquelle puisse à ton secours veiller.
Et mieulx que toy te vueille conseiller.
    Or ce pendant que t'ay propos tenu,

L'humide nuict parataindre est venu
L'extremité de l'Hesperide mer;
Honnestement ne pouvons plus chommer :
On me demande, et Aurore advancée
Reluyt desja, toute obscurté chassée.
Prens ceste resne, il est temps de partir,
Ou si tu veois que puisses divertir
Ta fantasie, use pour ton grand bien
De mon conseil, non du chariot mien.
Oultre, tandis qu'as d'y penser le terme,
Et que tu es encores en lieu ferme,
Sans que mal duit tu sois encor jecté
Dessus le char follement convoité,
Concede moy clarté en terre espandre
Laquelle veoir tu puisses sans esclandre. »

Lors Phaëton, de corps jeune et habile,   *Phaëton monté au chariot.*
Saulta dedans le chariot mobile,
Sur piedz se plante, et grand plaisir prenoit
A manier la resne qu'il tenoit,
Puis mercia son pere plein d'ennuy.
Contre et maulgré la volenté de luy
Ainsi s'en va le jeune Phaëton.

Lors Pyrois, Eous et Æthon,   *Les quatre chevaulx du Soleil.*
Phlegon aussi, chevaulx du soleil clair,
En hennissant de feu remplirent l'air,
Et du ciel clos les barres grans et lées
Heurtent des piedz, lesquelles reculées
Furent soudain par Thetys, qui encore
De son nepveu les fortunes ignore.
Donc quand le ciel ainsi par elle ouvert
Se fut monstré bien large et descouvert,
Les fiers chevaulx deslogeans galoperent
Parmy les airs, et les nues coupperent,
Oultrepassans, tant fut prompt leur depart,
Le vent yssu d'icelle mesme part.

CLÉMENT MAROT, III.   14

Mais trop à l'aise et peu chargez se treuvent,
Ne, qui pis est, bien congnoistre ne peuvent
Qui les conduit, et pas ne leur pesoit
Le joug ainsi que paravant faisoit,
Ains comme danse en la mer le navire
Sans juste poix, et sur l'eau tourne et vire,
Puis çà, puis là, instable et sans arrest,
Pour ce que vague et par trop leger est,
Ainsi, n'ayant l'accoustumée charge,
Ce chariot par le ciel hault et large
Saulte et ressaulte, et l'air le poulse et guide
Encontremont, comme une chose vuide.
Ce que sentant les chevaulx attelez,
Hors du chemin battu s'en sont allez,
Et d'un grand cueur leurs frains vindrent à mor-
Sans plus courir selon le premier ordre.   [dre,
Dont Phaëton se print à estonner,
Ne sçait la bride à quelle main tourner,
Ne sçait la voye, et quand il la sçauroit,
Sur les chevaulx nulle puissance auroit.

Les sept trions tous gelez de froidure
Furent surpris de chaleur aspre et dure,
Et se baigner pour néant ont tendu
En l'Occean, qui leur est deffendu.
La grand' serpente au pole arctique empraincte,
Morne de froid, et à nul donnant craincte,
Sentit ardeur, et du chauld irritée,
Conceut en soy fureur inusitée.
On dit aussi par tout (ô Bootes)
Que moult troublé alors enfuy t'es,
Quoy que courir ne povois ne voulusses,
Et qu'empesché à ta charrette fusses.

Dont aussi tost que du hault des clers cieulx
Le miserable en bas jecta les yeulx,
La terre veit en rondeur bien formée

Totalement dessoubz luy abysmée.
Si devint pasle, et de peur promptement
Aux deux genoulx luy vint un tremblement;
Et par si claire et grand' resplendissance
Obscurité print en ses yeulx naissance.

    Ja vouldroit il qu'en ces lieux supernelz
N'eust onc mené les chevaulx paternelz;
Ja se repent dont sa race a congneue,
Et plus, d'avoir sa requeste obtenue,
Ja souhaittant de Merops estre né.
Le malheureux est ainsi pourmené
Que le navire agité des oraiges,
Auquel le maistre a lasché les cordaiges,
L'abandonnant du tout à la mercy
Des oraisons, des veuz, des Dieux aussi.

    Que fera il? Il a laissé derriere
Beaucoup de ciel, et si en veoit arriere
Plus devant soy: il mesure, il compasse
En son cerveau et l'une et l'autre espace :
Aucunesfoys vers l'occident se tourne,
Aucunesfoys son œil jette et sejourne
Sur l'orient; mais il est fort à craindre
Que jamais plus ne les puisse restraindre;
Car rien ne fait de ce que faire tasche,
Tant y est neuf: la bride point ne lasche;
La tenir court ne luy sert d'un seul poinct,
Et des chevaulx les noms ne congnoist point;
Puis, tout tremblant, veoit les merveilles sacres,
Qui sont là sus, et les grans simulacres
Des monstres fiers qui en diverses parts
Par tout le ciel sont semez et espars.

    Là est un lieu où parmy ceste tourbe
Le Scorpion sa queue et ses bras courbe
En forme d'arc, et jusques aux manoirs
De ses voisins estend ses membres noirs.

Quand l'enfant veit la beste monstrueuse,
De noir venin toute moyte et sueuse,
Le menassant à luy de près se joindre,
Et de sa queue aiguillonnant le poindre,
Povre de sens, tellement s'estonna,
Que de frayeur la bride abandonna.
Quand sur le dos les chevaulx la sentirent,
En s'escartant parmy les airs bondirent,
Et librement d'allées et venues
Vont galopant regions incongnues.
Là où leur cours impetueux les porte,
Là sans compas chascun d'eux se transporte.
Jusques au ciel des estoilles ilz vont;
Le charyot trainent et rouller font
A travers lieux où n'a chemin ne sente :
Plustost vont hault, plustost vont en descente,
Et de droict fil viennent fondre grand' erre
Jusques à l'air plus prochain de la terre,
Si qu'esbahie est la Lune en sa sphere
De veoir courir les chevaulx de son frere
Dessoubz les siens; et les nues esparses
Parmy les airs fument à demy arses;

Le monde en feu. Mesmes la Terre, au plus bas lieu assise,
De flambes est (comme le reste) esprise :
Toute se fend pour l'humeur qui tarit,
L'herbe se fene, arbre et fueille perit;
Le champ du blé à son dommage baille
Au feu ardant foison de seiche paille.
Cela n'est rien : les grans villes et fortes,
Murs et remparts bruslent, jusques aux portes,
Et pour néant du feu les gens se gardent :
En cendre vont; boys et montaignes ardent;
Tmolus en ard, le mont Athos s'enflambe,
Taurus se brusle, Oete est tout en flambe;
Si fut Ida pour lors seiche et sans eaux,

Qui paravant triumphoit en ruisseaux :
Et Helicon, des neuf Muses aymé,
Aussi Æmus, non encor surnommé
Œagrien; grand flamme feit Ætna,
Car pour un feu à ce coup deux en a;
Cynthus, Eryx, Parnassus à deux testes;
Cytheron, propre à celebrer les festés;
Mimas, Othrys et Dindyma s'allument;
De Rhodopé les neiges se consument;
En feu s'en va Mycalé et Caucase;
Maulgré son froid la Scythie s'embrase;
Le grand mont d'Osse avec Pindus brusla,
Voyre Olympus, plus grand que ces deux là,
Si feirent bien les grans Alpes cornues,
Et Apennin, lequel soustient les nues.

   Lors Phaëton va adviser le monde
Qui flamboyoit de feu tout à la ronde,
Si que du chauld grand' angoisse portoit,
Et, anhelant, de sa bouche sortoit
Comme d'un four vapeur de chaleur pleine.
Son char s'enflambe : intolerable peine
Luy ont en l'air les bluettes donné,
Et, de fumée espesse environné,
Ne sçait où va, ne où il est, et l'emmenent
Les promptz chevaulx où leurs plaisirs les menent.

   On tient qu'alors les Æthiopes prindent
Tainct si haslé, que Mores ilz devindrent,
Et que du chault qui l'humeur estancha,
Comme on la veoit la Libye secha.
Nymphes adonc, pleurans eschevelées,
Faisoient le dueil des sources escoulées;
La Beotie avec une soif grande
Cherche Dircé; Argos par tout demande
Amymoné, sa fontaine liquide;
Ephiré quiert la source Pirenide;

Pourquoy les
Æthiopes
sont noirs.

Les fleuves grans, grans de rives et fons,
Ne furent pas en leurs canaux profons
Bien asseurez, mais trop plus qu'esbahys.
Au fil de l'eau a fumé Tanays,
Aussi a faict Peneus l'ancien,
Et Caycus, fleuve Teuthrancien,
Et Ismenos, riviere non dormante,
Et de Phocis le beau fleuve Erymanthe,
Et Xantus clair, qui devoit ardre encor,
Et Lycormas, qui est aussi blond qu'or,
Et Meander, qui va s'esbanoyant
Dedans son eau çà et là tournoyant;
Eurotas brusle, et Melas de Mygdone,
Et Euphrates, arrousant Babylone.
Thermodoon, Phasis, Ganges, Ister,
A ceste ardeur ne peurent resister.
Orontes ard; d'Alpheus les eaux vives
Et Sperchius ardent jusques aux rives,
Et le fin or qui en Tagus se treuve,
Fondu du feu, couloit comme le fleuve.
Les cygnes blancz qui de leur melodie
Solennisoient les fleuves de Lydie
Ardoient, avec nombre infini d'oyseaux,
Dedans Caystre, au beau milieu des eaux.
　　Le Nil fuyt, effrayé du meschef,
Au bout du monde, et retira son chef
Si bien que point n'apparoist aujourd'huy :
Encor voit on sept entrées de luy,
De qui les eaux s'en sont toutes allées;
Maintenant sont sept pouldreuses vallées.
　　Pareil malheur a les undes taries
D'Hebre et Strymon, aux terres Ismaries,
Et des plus beaulx qu'en Occident congnois,
Du Pau, du Rhin, du Rhosne Lyonnois,
Aussi du Tibre, à qui estoit promis

Qu'à luy seroit tout le monde submis.
   La terre fend, et parmy les fendaces
La grand' lueur jusqu'aux regions basses
A penetré, et si clair y raya,
Que Proserpine et Pluton s'effraya.
La mer se serre, et ce qu'on disoit mer
De sable sec un champ se peult nommer.
   Les montz terreux soubz l'eau profonde es-
Sont descouvers, et, se manifestans,   [tans
Le nombre accreu ont des Cyclades isles.
Aux fons s'en vont les poissons moult debiles,
Nobles daulphins pour la chaleur n'osoient
Saillir en l'air, comme devant faisoient.
Maint beuf de mer, et mainte grand' baleine,
Au fons de l'eau gisent mors sur l'areine;
Doris, Nerée et leurs filles, faschées,
Mesmes se sont (ainsi qu'on dit) cachées
Dessoubz l'eau tiede, et le grand Neptunus
Tout renfrongné osa ses bras tous nuds
Trois foys hors l'eau mectre et advanturer:
Trois foys ne sceut l'air ardant endurer.
   Finablement Terre, dame trèssaincte,
Des eaux de mer environnée et ceincte,
Et des ruisseaux que l'infortune amere
Feit retirer au ventre de leur mere,
Va mettre hors parmy une crevace
Jusques au col sa liberale face,
La main au front, et d'un grand tremblement
Esbranlant tout universellement,
Plus bas un peu s'assit et s'avalla
Que de coustume, et puis ainsi parla :
   « Si tout cecy (supreme Déité)
A gré te vient, et je l'ay merité,
A quel propos cesse à present ta fouldre?
Puis que finir me convient, et resouldre

*Oraison
de la Terre.*

Par feu cruel, vien moy du tien ferir :
Regret n'auray de telle main perir.
A peine puis dire un mot (et sans doubte
La grand' vapeur quasi l'estouffoit toute) ;
Regarde moy, et entens à mes veux ;
Grillez et ars sont desja mes cheveulx ;
Flambe et fumée aussi mes yeulx affollent,
Et sur mon chef les estincelles volent.
Est ce l'honneur, le fruict, le benefice
Que tu me rens de mon fertile office,
Et pour l'ennuy, la froissure et l'ahan
Que j'ay de herce et de soc, d'an à an ?
Ô Dieu des Dieux, me traictes tu ainsi
Pour mon loyer d'administrer icy
L'herbe aux troupeaux, les fruictz meurs et re-
Au genre humain, et à vous de l'encens?   [cens
Or prens encor que merité je l'aye :
Qu'ont faict les eaux pour souffrir ceste playe?
Qu'a desservy ton bon frere Neptune ?
Pourquoy la mer (qui luy est par Fortune
Escheue en lot) va elle en descroissant,
De jour en jour loing du ciel s'abaissant?
Las ! si l'amour de moy et de ton cher
Frere germain ton cueur ne vient toucher,
Vueilles au moins, par pitié, prendre garde
A ton clair ciel ; ô Dieu puissant, regarde :
Bas et hault fume et l'un et l'autre pole ;
Si tant soit peu la flambe les viole,
Voz beaulx manoirs ruyneront, helas !
Ne vois tu point comment ahane Athlas?
A peine peult soustenir sur l'eschine
Du ciel trèshault l'enflambée machine.
Si mer, si terre et ciel s'en vont perduz,
Au vieil Chaos retournons confonduz.
Retire donc du feu si peu de chose

Qui reste encor, et le tout mieulx dispose. »
  A tant se teut la Terre doulourense,
Car endurer la vapeur chaleureuse
Plus ne pouvoit, ne parler nullement,
Parquoy son chef retira promptement
Tout dedans soy, aux fosses soubzterraines
Qui des enfers estoient les plus prochaines.
  Lors Juppiter misericordieux,
Après avoir bien faict entendre aux Dieux,
Mesme à celuy qui le char a donné,
Que sans secours tout s'en va ruyné,
Droict au plus hault de la tour se retire
D'où d'icy bas les nues il attire,
Et de laquelle, en tel endroict qu'il veult
Lance la fouldre et le tonnerre esmeut.
Mais pour celle heure il n'eust pas sceu où querre
Nues qu'il peust attirer de la terre,
N'aucunes eaux que du ciel feist pleuvoir :
Parquoy tonna, et de tout son pouvoir
Darda la fouldre avecques le bras dextre
Sur le nouveau charretier mal adextre,
Luy osta l'ame et le char embrasé,
Et par le feu a le feu appaisé.
  Les fortz chevaulx, qui de peur trebuscherent,
Culebutans tous ensemble, arracherent
Leurs colz des jougs; les harnois ont laissez
Sur le chemin, rompuz et despecez.
Loing d'un costé gist le mort tombé seul;
De l'autre gist hors des lymons l'aysseul;
Roues et raiz et pieces esclatées,
Du chariot au loing sont escartées,
Et Phaëton, à qui les aspres feux
Faisoient flamber les beaulx crespes cheveulx,
Cheut renversé, Fortune ainsi le traicte,
Et parmy l'air fut porté longue traicte,

**Cheute
de Phaëton.**

Comme par foys des serains et clairs cieulx
Chet une estoille, ou cheoir semble à noz yeulx.
   A la fin s'est sa cheute rencontrée
Loing de sa terre, en contraire contrée,
Où le receut le Pau, fleuve fameux,
Et luy lava son visage fumeux.
   Les Nymphes lors Nayades d'Italie ·
En tumbeau faict de pierre bien polie
Le corps fumant poserent à l'envers,
Et au dessus feirent graver ces vers :
   Cy dessoubz gist Phaëton, conducteur
Du chariot de son clair geniteur;
S'on dict que mal sceut conduyre sa prise,
Si tomba il ayant faict haulte emprise.
   Le pere, alors, miserable et fasché,
Son larmoyant visage avoit caché,
Voyre, et tient l'on (si croire ainsi le fault)
Que de soleil au monde y eut deffault
Un jour entier : la flambe seulement
Du survenu cruel embrasement
Donna clarté en terre longue pose,
Et ce malheur servit de quelque chose.

Clymene.

   Clymene, après avoir dit par grand' ire
D'un tel malheur ce qu'il en falloit dire,
Hors de son sens, en habit dessiré,
Par tout le monde a couru et viré,
Cherchant par tout premier le corps sans ame
Et puis les os. Enfin la bonne dame
Trouva les os soubz dur tumbeau serrez,
Et sur rivage estranger enterrez;
Lors sur le lieu, quasi pasmée, tombe,
Et ayant leu le nom dessus la tumbe,
Le marbre froid de larmes a couvert,
Et l'eschauffa de son sein descouvert.
   Ses sœurs aussi, les Heliades belles,

Non moins pleurant, feirent des larmes d'elles
Dons à la Mort inutiles et vains,
Et se frappans l'estomach de leurs mains
Ont appellé par jours et par nuictz mainctes
Leur frere cher Phaëton, qui leurs plainctes
Ne peult ouyr; puis, de douleur touchées,
Se sont dessus le sepulchre couchées.

    Là quatre moys ce dueil plein d'amertume
Avoient mené à leur mode et coustume
(Car jà la mode estoit faicte d'usage);
Des sœurs adonc celle qui eust plus d'aage,
Se voulant seoir dessus la terre froide,
Crie et se plainct que des piedz devient roide,
Vers qui taschant la seconde venir,
Ses plantes sent racines devenir.

Les sœurs
de Phaëton
muées
en arbres.

La tierce, ainsi que ses cheveulx taschoit
Rompre des mains, des fueilles arrachoit;
L'une se plainct dont ses cuisses chernues
En tronc de bois tout court sont retenues;
L'autre se plainct de quoy ses bras tant beaulx
A veue d'œil deviennent longs rameaux;
Et cependant qu'elles sont en ces peines
L'escorce vert leur croist au tour des aynes,
Des aynes monte au ventre bellement,
Au sein, aux bras et aux mains, tellement
Que plus n'appert sinon leur bouche belle,
Qui au secours encor la mere appelle;
Mais que fera la mere martyrée,
Sinon courir là où elle est tirée,
D'amour d'enfans, puis deçà, puis delà,
En les baisant, si l'aisement elle a?
Ce n'est pas tout : elle a tasché adonc
A retirer les corps hors de leur tronc,
Et pour ce faire, avecques ses mains blanches
De tous costez rompoit les jeunes branches,

Dont il saillit dessus l'escorce verte
Gouttes de sang, comme de playe ouverte.
Chàscune adonc qui sent ce mal, s'escrye :
« Laissez cela, ma mere, je vous prie,
Laissez cela, et voz mains retirez,
Car nostre corps en l'arbre deschirez.
Adieu disons. » Lors l'escorce et le bois
Couvrit leur bouche et empescha la voix.

L'ambre provenu des larmes des filles du Soleil.

De ces nouveaulx arbres encor degoutte
Journellement de larmes mainte goutte,
Larmes de gomme en ambre durcissant,
Lequel le Pau, fleuve clair et puissant,
Souvent envoye aux dames d'Italie,
Pour le porter sur leur gorge polie.

Là fut present Cygnus, filz de Sthenel,
Parent sans plus du costé maternel
A Phaëton, toutesfoys son plus proche
En zele vray d'amytié sans reproche.
Luy donc ayant son regne abandonné
(Car de Ligure estoit roy couronné),
Avoit remply de grans clameurs plaintives
D'Eridanus les verdoyantes rives
Et la forest qui d'arbres et ramées
Accreue estoit par les sœurs transformées,
Mesmes le fleuve en avoit retenty,
Quand le dolent sa voix d'homme a senty
Attenuer, et son chesnu pelage
Se transmuer en semblable pennage :
Son col veit loing de l'estomach s'estendre,
Ses doigts rougir et l'un l'autre se prendre,
Puis eust un esle à chascun costé joincte,

Cygnus changé en oyseau.

Et faicte fut sa bouche un bec sans poincte.
Enfin Cygnus entierement devint
Un oyseau blanc, auquel depuis n'advint
D'avoir au ciel n'a Juppiter fiance,

Comme n'ayant pas mis en oubliance
Le feu à tort sur Phaëton jecté,
Parquoy depuis a son refuge esté
Parmy estangs et grans lacs spacieux,
Et luy fut lors le feu tant odieux
Qu'il s'est depuis tousjours voulu retraire
En l'eau, qui est au feu toute contraire.
    Tandis Phebus terny, de dueil attainct,
Et aussi fort decheu de son beau tainct
Que quand il souffre esclipse bien extresme,
La clarté hait, hait le jour et soymesme;
Pleure, et pleurant tant se despite et deult,
Que plus au monde esclairer il ne veult :
  Ma destinée a (ce dit il) assez
Eu de travaulx par les siecles passez,
Et me repens du labeur que j'ay pris,
Labeur sans fin, sans honneur et sans prix.
Qui vouldra voyse à cest heure conduire
Le chariot qui le monde faict luyre;
Et si aucun des Dieux ne le peult faire,
Vienne luy mesme entreprendre l'affaire :
Au moins, tandis que mes resnes tiendra,
De faire oultrage il ne luy souviendra,
Et chommeront ses fouldres trop severes,
Dont si bien sçait priver d'enfant les peres.
Lors sçaura il, ayant experience
De mes chevaulx trop pleins d'impatience,
Que cestuy là qui regir ne les sceut
N'avoit gaigné que la mort en receut. »
    Comme Phebus se plainct de ses molestes,
Circuy l'ont les autres Dieux celestes,
Le supplians d'affection profonde
De ne laisser en tenebres le monde.
Juppiter mesme à luy bien fort s'excuse
Du feu jecté, et de prieres use.

Finablement, d'une royalle audace
A la priere adjousta la menace.

    Sur ce, Phebus ses grans chevaulx r'assemble,
Dont le plus seur de peur encores tremble,
Les bat, les frappe, en cholere les broche,
Et le trespas de son filz leur reproche.

    Le tout puissant adonc de toutes pars
A tournoyé du ciel les haults rempars,
Pour visiter avecques providence
Si le feu a rien mis en decadence :
Puis quand il veit que de chascun quartier
Tout estoit seur, ferme et en son entier,
Du ciel s'en vint aussi bas que nous sommes,
Pour veoir la terre et le labeur des hommes ;
Mais par sus tout il meit son estudie
A reparer son pays d'Arcadie,
Et restablir les fleuves et ruisseaux
Qui n'osoient faire encor couler leurs eaux ;
Herbes et fleurs à la terre rendit,
Fueilles et fruictz sur les arbres pendit,
Et les forestz gastées de l'ardeur
Feit revestir de nouvelle verdeur.

Jupiter amoureux de Calisto.

    Tant il alla et tant il en revint,
Qu'ardentement amoureux il devint
De Calisto, vierge qui de Nonacre
Native estoit : ceste pucelle sacre
Pas ne faisoit ouvrages delicats.
Parer son chef aussi n'estoit son cas ;
Ains le tenoit d'un blanc fronteau serré,
Et se ceignoit d'un gros tyssu ferré.
Aucunesfoys un dard elle tenoit,
Aucunefoys un arc elle prenoit,
Car elle estoit de Diane compaigne,
Et n'y eut fille en toute la montaigne
De Menalon d'elle plus fort aymée ;

Mais grand' faveur passe comme fumée.
   Ja le soleil haultement eslevé
Son my-chemin avoit plus qu'achevé
Quand elle entra dans un bois dont nul aage
N'avoit faict cheoir ne branche ne fueillage;
Là sur un lieu feutré d'herbe et de mousse
Va despouiller de l'espaule sa trousse;
Puis son bel arc bien tendu destendit,
Et dessus l'herbe à terre s'estendit
Tout de son long, de reposer contraincte,
Faisant chevet de sa trousse bien paincte.
Quand Juppiter, qui de loing la regarde,
La vit seulette et sans aucune garde,
« Jà (ce dit il) ne sçaura mon espouse
Ce coup d'emblée, et n'en sera jalouse;
Ou s'ell' le sçait, elle aura beau s'en plaindre.
Sont les courroux des dames tant à craindre ? »   Jupiter
En ce disant il va prendre subit   transformé
De Dyana le visaige et l'habit,   en Diane.
Puis s'approcha de la vierge, en disant :
« Ma chere sœur, que fais tu cy gisant,
Et en quel boys as tu cherché ta prise ? »
Lors se leva la vierge bien aprise,
Et luy respond: « De cœur je te salue,
Déesse chaste, et de plus grand' value
Que Juppiter; j'en dy ce qu'il m'en semble,
Me deust il or ouyr et veoir ensemble. »
Et luy de rire avecques joye extreme,
D'ainsi se veoir preferé à soy mesme.
Puis la baisa, non assez chastement,
Ne comme font vierges communement.
   Et comme estoit de luy racompter preste
Dedans quel boys avoit esté en queste,
Il l'empescha, l'embrassant ferme et fort :
Si se declaire usant de grand effort;

Elle de luy mect peine à se deffaire,
Autant pour vray que femme sçauroit faire;
Que pleust aux Dieux, Juno, que veoir la peusses!
Vers elle usé de plus grand' doulceur eusses;
Moult se debat : mais où pourroit on prendre
Fille qui peust d'un tel Dieu se deffendre ?
    Au ciel après victorieux il monte,
Et Calisto, pleine d'ennuy et honte,
Faisant en l'air sa complaincte et querelle,
En haine print la forest maquerelle,
D'où s'en allant, tant eust le cœur saisi
Et perturbé, qu'elle oublia quasi
Ses dards, sa trousse et son arc destendu,
Qui là estoit contre un arbre pendu.
    Sur ce voicy (avec sa chaste bande)
Venir Diane aval la forest grande
De Menalon, bien fiere en son couraige
D'avoir occis mainte beste saulvaige;
Si apperceut la Nymphe et l'appela :
Elle l'oyant soudain se reculla,
Et de prinsault qu'eut Diane advisé,
Craingnit que fust Juppiter desguisé;
Mais quand ses yeulx en se retournant veirent
Les Nymphes sœurs qui leur dame suyvirent,
Elle congneut que ce n'estoient cautelles,
Parquoy s'en vint droict en la trouppe d'elles.
    O combien est malaisé qu'on ne face
Congnoistre aux gens son crime par la face !
Les yeulx en hault à grand' peine elle dresse,
Ne n'osoit plus costoyer sa maistresse
Ne cheminer en son reng la premiere,
Comme elle estoit paravant coustumiere,
Ains ne dit mot, et rougissant tesmoingne
Qu'en son honneur elle a receu vergoingne;
Voyre, et ne fust que Diane est pucelle,

Juger eust peu de la coulpe d'icelle
En cent façons, et dit on que ses sœurs
Congneurent bien du faict des signes seurs.

  Le temps coulla, et la lune cornue
Jusqu'à neuf foys estoit ja revenue,
Quand il advint qu'au retour de la chasse,
Diane estant du chault pesante et lasse,
Entra dedans une forest ramée,
D'arbres espez à l'entour bien fermée,
Où murmurant un clair ruisseau coulloit,
Duquel le sable au fons de l'eau rouloit.

  Après qu'elle eut de sa divine bouche
Loué le lieu, l'eau du pied elle touche,
Puis dit ainsi : « Loing de nous pour le moins
Sont à present regardeurs et tesmoings :
Je suis d'advis, mes filles cher tenues,
Qu'en ce beau lieu nous baignons toutes nues. »

  A ce mot là rougit la povre fille :
Toute la troupe adonc se deshabille,
Hors Calisto, qui triste et pensive est :
Voyant cela, chascune la devest,
Et dès que fut mise jus sa vesture,
Avec le corps parut sa forfaicture,
Dont plus avant en trouble et peur elle entre ;
Et comme veult des mains cacher son ventre :
« Va (dit Diane) ailleurs ton corps mouiller,
Et le sacré ruisseau ne vien souiller, »
Luy commandant, puis qu'elle estoit enceincte,
De s'en aller hors de la bande saincte.

  Juno, déesse arrogante et austere,
De longue main sçavoit tout ce mystere :
Elle attendit l'heure propre et le poinct
Pour s'en venger grefvement et appoinct.
Or de tarder n'avoit plus cause aucune ;
Et ce qui plus augmentoit sa rancune,

CLÉMENT MAROT, III.   15

Arcas.

Son ennemye avoit jà faict l'enfant,
Nommé Arcas, en beauté triumphant,
Devers lequel Juno plaine de rage
Tourna ses yeulx et son cruel courage,
Disant ainsi : « Adultere villaine,
Encor falloit qu'eusses la pance plaine,
Et que le tort que de toy j'ay receu
Fust par ton fruict manifesté et sceu,
Et que par là fust aussi tesmoingné
Les deshonneur qu'a mon mary gaigné.
Mais impunie or ne te laisseray,
Car pour jamais ta forme effaceray,
Qui trop te plaist, et qui trop fut prisée
De mon mary, garse mal advisée. »

Calisto transformée en Ourse.

Ces motz finiz, de main cruelle et forte
La prend au poil, et par terre la porte
Le front premier; elle, la suppliant,
Luy tend les bras, bien fort s'humiliant.
Ses bras adonc, ainsi qu'ilz s'avancerent,
Un gros poil noir à vestir commencerent;
Ses mains, ses doigts, à se courber se prindrent,
Et peu à peu crochuz ongles devindrent,
Servans de piedz pour marcher en tous lieux;
Sa bouche aussi, que le plus grand des Dieux
Baisa jadis, changea sa belle forme
En gueulle grand', rechinée et difforme.
Aussi, affin que par humble prier
Elle ne peust les couraiges plyer,
Osté luy fut le pouvoir de bien dire;
Une voix raucque, une voix pleine d'ire
Et de terreur, luy sortoit seulement
Hors du gosier espoventablement;
Mais nonobstant que du tout devint ourse,
Son premier sens ne perdit elle pource,
Ains tesmoingnant ses douleurs et tourmens

Par continuz aigres gemissemens,
Elle a levé, comme font les humains,
Devers le ciel ses telles quelles mains,
Et quand ne peult son Juppiter absent
Nommer ingrat, ingrat elle le sent.
   Las ! quantesfois en la prarye sienne
Et par devant sa demeure ancienne
Se pourmena sans repos ny arrest,
N'osant coucher seullette en la forest !
Las ! quantesfois par rochers et par bois
Les chiens courans l'ont tenue aux abbois !
Las ! quantesfois elle, qui fut chasseuse,
Devant chasseurs fuit toute paoureuse !
Souvent, voyant mainte beste champestre,
S'alloit cacher, ne se souvenant estre
Ce qu'elle estoit, si qu'en mont ne rocher
L'ourse n'osoit des ourses approcher ;
Et, voyant loups, de paour se desespere,
Combien qu'entre eulx fust Lycaon son pere.
   A chef de temps survint son filz Arcas,
Né de quinze ans, ignorant tout ce cas,
Qui en allant les bestes pourchasser,
Et eslisant propre boys pour chasser,
Dès que ses retz et filetz eut tenduz
Aux environs du boys d'Erymanthus,
Par grand hazard sus à sa mere il court,
Qui, le voyant, sur piedz s'arresta court,
Comme si elle eust congnoissance bonne
De son enfant. Arcas adonc s'estonne,
Et recula, de craincte espovanté,
Voyant l'œil d'elle en luy tousjours planté ;
Et non sachant que sa mere fust telle,
Il ne voulut plus près s'approcher d'elle.
Lors de son dard freschement esmoulu
Par l'estomac enferrer l'a voulu ;

Arcas
filz de Calisto
mué
en estoille

Mais Juppiter, souveraine deffence,
Retint le coup, empeschant cette offense :
Puis par le vent en l'air hault emportez
En un moment il les a transportez
Jusques au ciel, où il en feit deux signes
Clairs et luysans en mansions voisines.

    Juno s'enfla, dès que devant ses yeulx
Veit resplendir son adversaire aux cieulx,
D'où descendant, en mer s'en est venue
Devers Thetis, la déesse chenue,
Et l'Océan, tous deux pour leurs viellesses
Moult reverez des Dieux et des Deesses.
Si ont prié Juno qu'elle leur dist
Pourquoy venoit, laquelle respondit :
« Vous demandez pourquoy si diligente
Je viens ça bas, qui du ciel suis regente :
Sçavoir vous fais qu'une autre maintenant
Est au clair ciel en lieu de moy regnant.
Et mentir veulx, si dès que sera nuict
Vous ne voyez (qui trop au cueur me nuit)
Deux astres neufz, qui d'amour favorable
Ont eu naguere au ciel place honorable,
Droict au cerceau dont la rondeur accolle
En petit tour des cieulx le dernier pole.

    O Dieux marins, est cela pour penser
Qu'on ne vouldra Juno plus offenser ?
Est ce par là qu'on craindra ma puissance,
Qui fais prouffit quand je porte nuysance ?
O combien grande et habile je suis !
O que j'ay bien monstré ce que je puis !
D'estre plus femme ay gardé la traistresse,
Et maintenant elle est faicte Déesse;
Ainsi puniz sont ceulx qui me font faulte;
Voilà comment est ma puissance haulte;
Je suis d'advis que femme il la reface,

Et que de beste il luy oste la face,
Ainsi qu'il feit à Yo mugissant.
A quoy tient il qu'en me forbannissant
Il ne l'espouse, et qu'il ne delibere
De recevoir Lycaon pour beaupere ?
   O puissans Dieux, si la grefve poincture
Et le mespris de vostre nourriture
Vous touche au cueur, commander vous prions
A vostre mer que les Septentrions
N'y entrent point, et les Astres chassez
Qui par mal faire au ciel sont advancez,
A celle fin que l'orde concubine
Point ne se baigne en l'eau pure marine. »
   Juno trèsbien sa demande impetra
Des Dieux de mer, puis dedans l'air entra,
En chariot ayant lymons dorez,
Tiré par paons bien painctz et colorez,
Aussi bien painctz des yeulx d'Argus tué
Comme en noir fut ton pennage mué,
Corbeau jaseur, qui avois de coustume
Par cy devant de porter blanche plume.
Certes, l'oyseau par moy ores chanté
Estoit jadis si blanc et argenté,
Qu'egal estoit aux colombelles coyes,
Et de blancheur ne devoit rien aux oyes
Qui preserver devoient le Capitole,
N'au cygne avec, qui loing des eaux ne vole.
Mais tant luy feit sa langue de dommage,
Qu'ores, pour blanc, il porte noir plumage.
   Jadis n'y eut fille en toute Æmonie
Qui fust de grace et beauté mieulx garnye
Que Coronis, la nymphe Larissée,
Que Phebus eut sur toutes en pensée,
Elle estant vierge, ou elle ayant forfaict;
Mais le corbeau s'apperceut de son faict,

Coronis
transformée
en corneille.

Et ne sceut on jamais le divertir
D'aller Phebus son maistre en advertir;
En y allant, la corneille esvolée
(Pour sçavoir tout) après luy est volée,
Et aussi tost que la cause entendit
De son chemin, rondement luy a dict :
« Tu vas trèsmal, croy moy si tu es saige,
Sans mespriser de mon bec le presaige :
Escoute un peu ce que je fuz un tems,
Voy ce que suis, et le pourquoy entens;
Tu trouveras que ma fidelité
M'a faict nuysance en disant verité.

    Pallas un jour, par son sens et practique,
En corbillon tyssu d'ozier attique
Avoit l'enfant Erichthone enfermé,
Lequel sans mere avoit esté formé;
Et deffendant que point on n'y regarde,
Elle bailla ce corbillon en garde
Entre les mains de trois pucelles nées
Du roy Cecrops, sans ce qu'acertenées
Pallas les eut de l'estrange merveille
Qui enfermée estoit en la corbeille.
Je, qui estois de fueilles bien cachée,
Du haut d'un orme où je m'estois branchée
Les espyois : les deux, Herse et Pandrose,
Gardoient trèsbien ceste corbeille close;
Mais Agloros, l'une de ces trois gardes,
En appelant les deux autres couardes,
La defferma si bien que l'enfant veirent
Demy serpent : la faulte qu'elles feirent
Je rapportay à la sage Pallas,
Qui m'en rendit si dur loyer, helas!
Que pour jamais par tout suis appellée
De Minerva la garde reculée;
Et par avoir esté mal taciturne,

Agloros.

Va devant moy la cheveche nocturne.
Certes, ma peine et ma punition
Doibt estre exemple et admonition
A tous oyseaulx de quelconque plumaige
De ne chercher par leur langue dommaige.
Tu me diras qu'en mon premier degré
Jamais Pallas ne me print de son gré,
Ne sans l'avoir de ce bien fort requise;
Quand tu l'auras elle mesmes enquise,
Point ne vouldra (quoi que irritée l'aye)
Nier, ce croy je, une chose si vraye.
Car sçavoir dois que jadis je fuz née
Dedans Phocis, du noble Coronée,
Qui me nourrit en triumphant arroy;
Chascun le sçait, j'estois fille de roy,
Et maintz seigneurs (je le dis sans ventance)
Riches et grans cherchoient mon accoinctance.
Las! ma beauté me causa dueil amer :
Car comme un jour sur le bort de la mer
Je m'en allois pas à pas pourmenant,
Comme je fais encores maintenant,
Le Dieu des eaux me veit et m'escria,
Et plein d'ardeur de l'aymer me pria;
Puis quand son temps et sa doulce requeste
Perdre sentit, la force meit en queste :
Me suyt, je fuy, j'abandonne la rive,
Et en fuyant je voy qu'en vain j'estrive,
Dont j'appelay et Dieux et humains: somme,
Ma voix ne vint en nulle oreille d'homme;
Pallas, sans plus, en souvenance m'eut
(Pour une vierge une vierge s'esmeut),
Et me donna secours que j'attendoye;
Les bras au ciel en pleurant je tendoye;
Mes bras soudain je vins à mescongnoistre,
Et aperceu plumes noires y croistre;

Mes vestemens despouiller je presume,
Mais je trouvay que c'estoit desja plume,
Dont la racine en la peau je cachois;
Frapper des mains l'estomac nud taschois,
Mais il estoit jà certes advenu
Que plus n'avois ne mains n'estomac nu;
J'allois courant, et mes piedz ne fouloient
Plus le sablon, ainsi comme ilz souloient,
Ains soubzlevée estois à fleur de terre.
Puis hault en l'air je m'envolay grand' erre,
Et de Minerve, en qui prudence abonde,
Faicte je fuz servante chaste et munde.
Mais quel prouffit m'en vient ne quel service,
Quand Nictymene estant pour son gref vice
Faicte cheveche, a eu tant de bon heur
Qu'elle succede à mon premier honneur?

Nyctimene
muée
en chouette.

    Ne sçais tu point le propos qu'on demeine
Par tout Lesbos de ceste Nyctimene,
Fille lascive, ayant par gref delict
Contaminé de son pere le lict?
Vray est qu'elle a d'oyseau receu la forme,
Mais du remors de son forfaict enorme
Craint qu'on la voye, et la lumiere fuit,
Cachant sa honte à l'umbre de la nuict;
Ou s'on la voit, tous les autres l'agassent,
Et hors de l'air de tous costez la chassent. »

    Lors le corbeau se moquant respondit:
« A toy sans plus puisse nuyre ton dit!
Quand est à moy, ces presages menteurs
J'ay à mespris, et tous leurs inventeurs : »
Puis acheva son chemin commencé,
Et à Phebus compter s'est advancé
Que Coronis a veue en acte sale,
Couchée avec un beau filz de Thessale.

    Dès que Phebus entendit que s'amye

Estoit tombée en si lourde infamie,
Du chef tomba sa couronne laurée,
Luy cheut aussi la beauté colorée
De son clair vis, et l'archet de sa lyre.
Lors à la chaude, enflé d'une telle ire,
Enfonsa l'arc d'une force robuste,
Et de sa fleche inevitable et juste
Tout atravers a la poictrine poincte
Qui tant de foys à la sienne fut joincte.
Sentant le coup, la dolente gemit,
Le fer tranchant hors de la playe mit,
Dont en maintz lieux sa chair blanche et polie
De rouge sang fut trempée et salie,
Disant : « Amy, bien me povois deffaire,
Mais tu debvois l'enfant me laisser faire;
Or nous convient, puis qu'il plaist à Fortune,
Presentement trespasser deux en une. »
Sur ce poinct l'ame avec le sang rendit,
Et la froideur par le corps s'espandit.

Coronis
transpercée
par Apollo.

   Las ! de si dure aigre punition
Receut l'amant tarde contrition;
Grand mal se veult dont le rapport ouyt,
Et dont si fort son ire l'esblouyt,
Mauldit l'oyseau qui l'a contrainct sçavoir
Ce qui luy faict tant de tristesse avoir;
Sa trousse hayt, et son arc et sa main,
Avec le traict qui trop fut inhumain.
S'amye eschauffe, et nettoyant sa playe,
Par un secours trop tard venu s'essaye
A surmonter la mort dure et perverse,
Et l'art en vain de medecine exerce.
Ce que voyant, et le feu alumer
Pour le corps ardre, et la cendre inhumer,
Point ne pleura (car il n'affiert aux Dieux
Mouiller leur face avecques larmes d'yeulx)

Mais un souspir tira de cueur profond,
Non autrement ne moins grand que les font
Ceulx qui les beufz avec un maillet tuent,
Lors que le coup pour les assommer ruent.
Après (pourtant) que sa jadis aymée
D'ingrate odeur Phebus eust embaumée,
Que plaincte l'eut et embrassée avecques,
Et mis à fin l'injuste droict d'obseques,
Pas ne souffrit sa divine clemence
Au mesme feu veoir perir sa semence,
Ainçoys l'enfant prochain de mort amere
Tira du feu, et du ventre à sa mere,
Puis le porta luy mesme en son gyron
Dedans la fosse au centaure Chiron.

Le Corbeau devenu noir. Et le corbeau, qui pour avoir vray dit
Pensoit avoir recompense et credit,
Il condemna, d'une colere grande,
Des blancz oyseaulx n'estre plus de la bande.

Ce temps pendant Chiron s'esjouyssoit
Dont d'un tel Dieu l'enfant il nourrissoit :
L'aise qu'il a de peine le descharge,
Voyant honneur joinct avecques sa charge ;
Sur ce voicy venir eschevellée
Sa propre fille, Ocyroe appellée,
Dont une nymphe accoucha (comme on treuve
Dessus le bort de l'impetueux fleuve
De Caicus ; elle ne fut contente

Ocyroe divineresse. D'avoir apris et mis en son entente
Du père sien l'art de medeciner,
Ains tout son cueur meit à vaticiner,
Dont quand fureur de deviner l'eut prise,
Et qu'eschauffée elle fut, et esprise
De cest esprit qui bouilloit dedans elle,
L'enfant petit regarda d'un grand zele :
Disant : « Enfant en qui vertu abonde,

Croissance prens pour l'heur de tout le monde :
Les corps mortelz, grans, moyens et menuz
A toy seront plusieurs foys bien tenuz ;
Puissance auras par ta science ardue
Rendre la vie à qui l'aura perdue ;
Et dès qu'auras une foys l'osé faire,
Les Dieux du ciel, despitz d'un tel affaire,
Feront que plus faire ne le pourras,
Et par le feu de ton ayeul mourras,
Et que d'un Dieu un corps mort seras faict,
Puis d'un corps mort un puissant Dieu parfaict,
Renouvellant encore un coup ta vie
Après que mort l'aura de toy ravie.
 Et toy, Chiron, mon pere que j'honore,
Qui n'es subject à mort qui tout devore,
Ains par la loy de divin parentage
Faict et creé pour durer en tout aage,
De trespasser te prendra le desir,
Lors que viendra la douleur te saisir
Que sentiras par la cruelle attaincte
D'une sagette au sang de l'Idre taincte ;
Et d'immortel par les Dieux tu seras
Rendu mortel, et si trespasseras. »
 Voulant encor prophetiser et dire
Quelque autre cas, un souspir elle tire
Du fons du cueur, et sentant peine et dueil,
Dessus sa face espandit larmes d'œil,
Disant : « Helas ! les choses devinées
Font avancer trop tost mes destinées :
Je sens en moy la parole faillir ;
Plus de mon corps ne peult ma voix saillir.
Maudit soit l'art (tant peu vault et merite)
Qui contre moy l'ire des Dieux irrite.
Las ! beaucoup mieulx m'eust vallu abstenir
De tant sçavoir des choses advenir.

Ocyroe
en jument.

Jà m'est advis que de fille la face
En moy se perd, et peu à peu s'efface :
Ja de desir, ja d'appetit suis pleine
D'herbe manger, et courir en la plaine;
Ne sçay quel Dieu en jument me transforme;
Prendre m'en voys de mon pere la forme.
Mais pourquoy dois je estre toute jument?
Demy cheval mon pere est seulement. »
    Ainsi parlant, la Nymphe jeune et tendre
Sur le dernier ne povoit bien s'entendre,
Car de sa bouche est son parler sorty
Confusement, tost après amorty;
Ny ne sembla de jument sa voix faicte,
Ains de jument quelque voix contrefaicte.
Puis peu à peu hennit de grand courage,
Et ses deux bras marchoient dedans l'herbage;
Chascun des doigts l'un à l'autre s'assemble,
Ses ongles platz tous cinq liez ensemble
Feirent un ongle espais et endurcy;
Luy creut le col, luy creut la bouche aussi.
De son habit la plus longue partie
Fut par derriere en queüe convertie,
Et ses cheveulx volans de toutes pars
Devindrent crins (comme devant) espars
Dessus le col; et la face et la voix
Elle mua toutes deux à la foys;
Bref, tous ces cas monstrueux la tournerent
Si bien, que nom de jument luy donnerent.
    Pleurs infiniz son cher pere espandit,
Et pour néant ton secours attendit,
O cler Phebus : mais rompre l'ordonnance
De Juppiter n'estoit en ta puissance;
Et quand en toy eust la puissance esté,
Tu estois lors bien ailleurs arresté;
Car par les champs Messeniens à l'heure

Et en Elys tu faisois ta demeure :
C'estoit au temps que l'habit de berger
Et la houllette il te convint charger,
Et que portois à la mode rurale
De sept roseaulx la fluste pastorale.
Or ce pendant qu'en tes amours pensois,
Ou bien tandis que flustois ou dansois,
On dit qu'alors tes vaches mal gardées
S'estoient aux champs Pyliens escartées,
Et que Mercure illec les apperceut,
Qui en un boys trèsbien cacher les sceut ;
Ce larrecin faict de grand artifice
D'homme vivant ne vint en la notice,
Fors d'un villain congneu en ce champ là,
Par son droit nom Battus on l'appela,
Qui garde estoit de l'herbeuse vallée
Et du haras du riche roy Nelée.
Mercure eut peur de ce villain, parquoy
Il le tira doulcement à recoy,
Et luy a dit : « Amy, quel que tu sois,
Si d'adventure icy tu apperçois
Quelcun cherchant ses beufz esvanouys,
Dy luy que veuz tu ne les as n'ouys :
Et pour loyer du tour que m'auras faict,
Pren ceste vache, » et la bailla de faict.
L'autre la print, et luy dit l'ayant prise :
« Va hardiment, poursuy ton entreprise : .
Le larrecin duquel tu t'es meslé,
Sera plus tost compté et revelé
Par ceste pierre, » et luy en monstra une.
Mercure encor n'y eust fiance aucune,
Parquoy il feit de s'en aller semblant,
Et puis revint en rien ne ressemblant
De voix ne corps à sa premiere forme.
Lors au villain, appuyé contre un orme,

Phebus
habillé en
berger.

Va dire ainsi : « Bon homme, si tu peux,
Enseigne moy où sont allez mes beufz
Que l'on m'a pris ; ce larrecin ne cache :
Je te donray un beuf et une vache. »
 Quand le villain qui promit de se taire
Ouyt parler de doubler son salaire :
« Je les ay veuz (dit il) qui se jettoient
Dessoubz ces montz. » Et de faict y estoient.
Adonc se print à soubzrire Mercure,
Puis luy a dict : « Double villain parjure,
Me trahis tu, m'accuses tu à moy ? »
Et transmua son estomac sans foy
En un caillou nommé Touche, ou Indice,

Battus converty en Touche.

Qui d'accuser faict encore l'office ;
Et au caillou, qui pourtant n'en peult mais,
Demourée est l'infamie à jamais.
 De là s'en va ses esles esbranlant
De Juppiter le messager volant ;
Et, hault en l'air, d'Athenes il contemple
La belle assiette, et la ville et le temple,
Et les jardins de prouffit et soulas,
Terre, pour vray, agréable à Pallas.
Advint ce jour que les vierges honnestes
Au temple hault porterent sur leurs testes
De Minerva les sacrifices sainctz,
En beaulx penniers de fleurs couverts et ceincts.
A leur retour Mercure les voyant
Ne vola droict, mais ainsi tournoyant
Que le milan qui les pouletz regarde,
Quant il crainct ceulx qui en font bonne garde ;
Il tourne, il roue, et n'ose s'esloingner,
Bien s'attendant quelque proye empoingner ;
Mercure ainsi d'Athenes sur les tours
Faisoit en l'air maintz circuitz et tours,
Et bassement sans s'esloingner voloit

Pour mieulx choisir la proye qu'il vouloit.

D'autant qu'Aurore est reluysante et claire
Par sus toute autre estoille qui esclaire,
Et que Phebé l'est par dessus Aurore,
La belle Hersé d'autant et plus encore
Oultrepassoit ses compaignes pucelles,
Si qu'elle estoit l'honneur et fleur d'icelles.
Mercure en l'air de la veoir s'esmerveille,
Et s'embrasoit en la sorte pareille
Que le caillou qu'avec la fonde on tire,
Qui tant plus va plus de chaleur attire,
Et sont au cueur de Mercure advenues
Flambes ardantz dessoubz les froides nues.

Ainsi espris, son premier chemin laisse,
Descend de l'air, en la terre s'abaisse,
Sans que sa forme il change ne desguise,
Tant se fyoit en sa beauté exquise,
Voyre à bon droit; toutesfoys par grand cure
Aydoit encor à sa beauté Mercure :
Peigna son chef, sa cappe il accoustra,
Si que par tout rien qu'or ne se monstra,
Et sur l'espaule à dextre l'a troussée,
Affin qu'on veist en main son caducée,
Qui gens endort, et qu'à ses plantes belles
Reluyre on veist ses beaulx patins à esles.

En la maison où demouroit Hersé,
Sur le derriere estoit son lict dressé,
Entre celluy de Pandrose à la dextre,
Et cestuy là d'Aglauros à senestre :
Ceste Aglauros nota de prime face
Venir Mercure, et eust bien ceste audace
De s'enquerir du nom d'un si grand Dieu,
Et qui l'a meu de venir en ce lieu;
Lors respondit Mercure en ceste sorte :
« Celuy je suis qui les nouvelles porte

Du pere mien, et celuy est mon pere
A qui la terre et le ciel obtempere :
Ne desguiser te veulx pourquoy je vien,
Pourveu sans plus qu'à ta sœur, pour son bien,
Vueilles en bref te monstrer sœur fidelle,
Et estre tante aux enfans qu'auray d'elle ;
Sçais tu que c'est ? d'Hersé suis amoureux.
Las ! favorise à l'amant douloureux. »
    Lors Aglauros vient à le regarder
Du mesmes œil qui ne se sceut garder
De veoir naguere en trop grand' hardiesse
Le clos secret de Pallas la déesse ;
Puis pour loyer du plaisir qu'il demande
Luy demanda de l'or quantité grande,
Et quant et quant de desloger le somme
Jusques à tant qu'il apporte la somme.
    Pallas, qui veit tous ces actes pervers,
Contre Aglauros jecta l'œil de travers,
Et du profond de son cueur courroucé
Si puissamment un souspir a poulsé,
Que bransler feit l'estomac en avant,
Et son escu qu'elle avoit au devant.
Si luy souvint du corbillon couvert
Qu'Aglaure avoit de main prophane ouvert,
Lors qu'elle veit par desobéissance
L'enfant lequel sans mere print naissance ;
Veoit en après qu'au celeste annonceur
Elle est ingrate, et ingrate à sa sœur,
Et que de l'or dont requeste elle fit
L'avare avoit desja faict son prouffit.
Description d'Envie. Que feit Pallas ? Pour punir telle vie,
Delibera de parler à Envie,
Et s'en alla tout droict en son manoir,
Plastré de sang melencolicque et noir.
Son manoir est caché en un bas centre

Où le soleil ne le vent jamais n'entre,
Triste en tout temps, en tout temps froid et
Tousjours sans feu, tousjours plein d'obscure u
    Quand la Déesse au faict des armes craincte
De l'orde vieille eust la maison attaincte,
Devant l'entrée arresta court ses pas,
Car d'y entrer à elle ce n'est pas,
Et du fin bout du long bois qu'elle porte
De grand' vigueur donna contre la porte;
La porte s'ouvre : Envie elle apperçoit,
Qui, accrouppie à terre, se paissoit
De gros serpens, viperes et couleuvres,
Nourrissemens de ses iniques œuvres.
L'appercevant destourna son bel œil;
L'autre se leve avec paresse et dueil,
Et ses serpens demy mengez laissa :
Puis lentement vers Pallas s'addressa,
Et la voyant armée, belle et blonde,
De grand despit au visage luy gronde.
    Sa face est blesme, et a le corps ethicque,
La rouille aux dentz, aux yeulx la veue oblique;
Toute de fiel est sa poictrine verte;
De noir venin est sa langue couverte;
Jamais ne rit si elle ne rencontre
Devant ses yeulx meschef ou malencontre;
Tant a de soing qui la picque et resveille,
Que point ne dort, ains son œil tousjours veille
Pour veoir s'il vient honneur ou bien à l'homme,
Et le voyant se deseche et consomme,
Si qu'offensant ensemble est offensée,
Et son tourment se donne l'insensée;
Pallas pourtant, quoy que ne l'aymast point,
Luy a parlé brefvement en ce poinct.
    « De ton noir sang empoisonne et enchante
Du roi Cecrops ceste fille meschante

Qu'on nomme Aglaure; or va si onc allas,
Ainsi le fault. » A tant se teut Pallas,
Et repoulsant de sa picque la terre,
Print à fuyr et deslogea grand' erre;
Et s'enfuyant, Envie rechignée
D'un mauvais œil de travers l'a guignée,
Entre ses dents murmurante et despite
De la valeur qui en Pallas habite.
Puis print en main son baston plein de neuz,
Entortillé d'un lien espineux,
Et d'une nue obscure bien couverte;
Par où passoit, renversoit l'herbe verte,
Les champz fleuriz çà et là desechoit,
Et des pavotz les testes arrachoit;
Villes, maisons et peuples la villaine
Contaminoit de sa puante alaine.
Finablement de Minerve va veoir
La grand' cité triumphante en sçavoir,
D'entendemens et richesses puissante,
Pleine d'esbatz, et en paix florissante :
Ce que voyant Envie l'execrable,
Quasy pleura, n'y trouvant rien pleurable.
Mais quand d'Aglaure en la chambre se veit,
Ains que bouger sa commission feit,
Et de sa main taincte de vieille rouille,
Premierement la poictrine luy souille,
Puis luy emplit l'entour du cueur d'espines,
Et luy soufla jusques aux intestines
Son noir venin, qui aux os s'estendit,
Et au milieu du poulmon s'espandit :
Et puis affin que la cause recente
De sa douleur loing d'elle ne s'absente,
Devant ses yeulx luy met sa sœur germaine,
Devant ses yeulx à tous coups luy amaine
Pourtraicte au vif de Mercure l'image,

Et de tous deux l'excellent mariage,
Faisant bien grande une chascune chose,
Dont Aglauros souffroit douleur enclose
En cueur marry, si que, triste de jour,
Triste de nuict, gemissoit sans sejour,
Fondant sur piedz d'ennuy et maltalent,
Comme la glace au soleil foible et lent ;
Et de l'honneur de la bien heureuse Herse
Ne plus ne moins ardoit la seur perverse
Qu'herbes de champs qui au feu mises fument,
Et peu à peu sans flamber se consument.
Par plusieurs foys fut souhaitant la mort,
Pour ne veoir plus le bien qui tant la mord;
Par plusieurs foys à son pere plain d'ire
Voulut en mal le cas compter et dire;
Enfin, voyant Mercurius venir,
S'en va assise à la porte tenir
Pour le chasser : il l'abborde, il la flate,
Il la supplie : « Oste toy, dit l'ingrate,
Car de ce lieu jamais ne bougeray,
Jusques à tant que t'en deslogeray.
—Eh bien, dit il, suyvant ton ordonnance,
Content je suis de ceste convenance. »
　　Mercure adonc de sa verge charmée
Ouvrit la porte à gros verroux fermée,
Et elle assise, en se cuydant lever
Sentit son corps si pesamment grever,
Qu'oncques ne sceut mouvoir une joincture;
Sur piedz se mectre essaya d'aventure,
Mais ses genoulx se prindrent à roidir,
Et peu à peu ses ongles à froidir.
Consequemment, perdant son sang, les veines
Luy devenoient bien fort pasles et vaines :
Et comme on veoit que le chancre incurable
Gaigne pays sur un corps miserable,

*Aglauros
en pierre.*

Et tant s'espand qu'aux parties gastées
Sont bien souvent les saines adjoustées,
Ainsi froideur et mortifere glace.
Print peu à peu en sa poictrine place,
Luy estoupant les conduictz de la vie
Et le respir sans lequel on desvie;
Ny ne se meit en effort de parler,
Et ores quand s'en fust voulu mesler,
Sa voix n'avoit passage n'ouverture :
Son col, sa bouche, estoient jà pierre dure.
Finablement, assise, morte et roide,
Ce fut de marbre une statue froide;
Non marbre blanc : son cueur d'Envie attainct
De sang infect tout son corps avoit tainct.
    Après qu'elle eust receu punition
De sa parolle et male intention,
Mercurius d'Athenes se partit,
Et vers le ciel son chemin convertit.
Au ciel venu, son pere à part le huche,
Et sans vouloir luy descouvrir l'embusche
De ses amours, luy dit, pour abreger:
« Mon trèscher filz et féal messager,
Descens là bas : va t'en, et point ne tarde,
Droict au pays qui à gauche regarde
Le ciel, où luyt de ta mere le signe,
C'est en Sidon, cité noble et insigne,
Et le troupeau royal que tu veois paistre
Là loing dessus la montaigne champestre,
Fais le venir sans bruyt et sans chommer
Là bas au long des rives de la mer.

Europa, fille de Agenor, aimée de Juppiter.   Ces motz finiz, soudain du hault herbage
Les beufz chassez allerent au rivage,
Là où du roy la fille trèscherie
Jouoit avec les filles de Tyrie.
    Majesté grande et amour mal conviennent,

Et en un siege ensemble ne se tiennent.
Parquoy, laissant son sceptre glorieux
Ce pere et roy des hommes et des dieux,
Qui main armée a des trois feuz ensemble,
Qui d'un clin d'œil fait que le monde tremble,
La forme print d'un toreau mugissant,
Et chemina sur l'herbe verdissant
Avec les beufz. Bel estoit le possible :
La couleur fut de blancheur indicible;
Neige sembloit, d'aucun pied non foulée,
Ne par Auster pluvieux escoulée;
De muscles a un gros col evident,
Sur l'estomac est sa gorge pendant;
Cornes avoit certainement petites,
Mais à les veoir un chascun les eust dictes
Faictes de main à bien ouvrer idoine,
Et transluysoient plus que pur cassidoine.
Le front n'avoit ridé ne redoubtable,
Ne tant soit peu la veue espoventable;
Rien, sinon paix, en la face n'avoit.
    La fille au roy, qui de bon cueur le veoit
S'esbahit fort de ce qu'il est si beau,
Et qu'il ne faict guerre à nul du troupeau;
Mais quoy qu'il eust de la doulceur beaucoup,
D'en approcher craingnit du premier coup;
En fin s'approche, et fleurs et herbe franche
Luy apporta près de sa gueule blanche,
Dont eut l'amant un merveilleux plaisir;
Et attendant son esperé desir,
Baise la main de la vierge modeste,
Et peu s'en fault qu'il ne prenne le reste.
Ores se joue à elle expressement,
Pour l'asseurer peu à peu doulcement ;
Ores il saulte au milieu des prez vers,
Ores se veaultre en l'areine à l'envers.

Puis quand il veoit qu'elle n'est plus farouche,
A elle vient : elle sans peur le touche,
Et de sa main virginale luy orne
De fresches fleurs et l'une et l'autre corne.
Enfin elle a tel' hardiesse prise,
Que sur le dos du toreau s'est assise,
Sans sçavoir, las ! à qui elle se frotte.

Europa ravie
et forcée
par Juppiter.

Lors pas à pas droict à la mer qui flotte
Il la porta, et dès qu'il y arrive,
A mis ses piedz dedans l'eau de la rive.
De là, soudain, plus oultre se transporte,
Et son butin parmy la mer èmporte.
La peur la prend, et regarde estonnée
Desjà de loin la rive abandonnée.
De la main dextre une des cornes tient,
De l'autre main sur le dos se soustient,
Et ses habitz de soye et fine toile
Bransloient en l'air, et au vent feirent voille.

X. *Histoire de Leander et Hero.*

MAROT AUX LECTEURS (1541).

A PEINE *estoit la presente histoire hors de mes mains (lecteurs debonnaires) que je ne sçay quel avare libraire de Paris, qui la guettoit au passage, la treuva et l'emporta tout ainsi qu'un loup affamé emporte une brebiz, puis me la va imprimer en bifferie du Palais, c'est asçavoir en belle apparence de papier et de lettre, mais les vers si corrompuz et le sens si desciré, que vous eussiez dict que c'estoit la dicte brebiz eschappée d'entre les dents du loup : et qui pis est, ceulx de Poictiers, trompez sur l'exemplaire des autres, m'en ont faict autant. Quand je vey le fruict de mes labeurs ainsy accoustré, je vous laisse à penser de quel cueur je donnay au diable monsieur le babouin de parisien, car à la verité il sembloit qu'il eust autant pris de peine à gaster mon livre que moy à le bien traduire. Ce que voyant, en passant par la noble ville de Lyon, je priay maistre Sebastien Griphius, excellent homme en l'art de l'imprimerie, d'y vouloir mettre la main, ce qu'il a faict, et le vous a imprimé bien correct, et sur la copie de l'autheur, lequel vous prie (pour vostre contentement et le sien) si avez envie d'en lire, de vous arrester à ceulx cy. Dieu tout puissant soit tousjours vostre garde. De Lyon, ce 20e jour d'octobre 1541.*

Hystoire de Leander et Hero.

Muse, dy moy le flambeau qu'on feit luyre
Pour les amours secretes mieulx conduire ;
Dy moy l'amant qui, nouant en la mer,
Alloit de nuict les nopces consommer,
Et le nocturne embrassement receu
Qui d'Aurora ne fut onc apperceu
Ne descouvert. Declaire moy au reste
Les murs d'Abyde, et la grand tour de Seste,
Là où Hero par amour tant osa,
Que Leander de nuict elle espousa.
     J'oy Leander desja nouer, ce semble,
Et flamboyer le flambeau tout ensemble :
Flambeau luysant annonçant la nouvelle
De seure amour, et qui d'Hero la belle
Toute la nuict la feste decora,
Quand le doulx fruict des nopces savoura :
Flambeau d'amour, le signal mis exprès,
Que Juppiter devoit planter auprès
Des astres clers, pour le hault benefice
D'avoir si bien de nuict faict son office,
Et le nommer l'estoille bien heureuse,
Favorisant toute espouse amoureuse ;
Car il servit Amour en ses negoces,
Et si sauva cestuy là qui aux nopces
Alla et vint par les undes souvent,
Ains que le fort et trop malheureux vent
Se fust esmeu. Vien donc, ma Muse, affin
De me chanter le tout jusqu'à la fin,
Qui telle fut, que par un dur esclandre
Elle estaingnit le flambeau et Leandre
     Seste jadis fut ville frequentée ;
Vis à vis d'elle Abyde estoit plantée,

Et entre deux flotoit l'eau de la mer.
En ces deux lieux Cupido, dieu d'aymer,
Tira de l'arc une mesme sagette,
Rendant d'un coup à ses flammes subjecte
Une pucelle et un adolescent
Nommé Léandre, agréable entre cent,
Et l'autre Hero, pucelle desja meure.
Elle faisoit en Seste sa demeure,
Luy en Abyde, et furent en leurs ans
Des deux citez les deux astres luysans,
Pareilz entre eulx. Je te supply, lecteur,
Quand par la mer seras navigateur,
Fais moy ce bien (si passes là autour)
De t'enquerir d'une certaine tour
Là où Hero (un temps fut) demouroit,
Et des creneaulx à Léandre esclairoit.
De demander mesmement te souvienne
La mer bruyant' d'Abyde l'ancienne,
Qui en son bruyt plainct encores bien fort
De Léander et l'amour et la mort.
  Mais dont advint que Léander, estant
En la cité Abydaine habitant,
Fut amoureux d'Hero, jeune pucelle,
Jusques à vaincre enfin le cueur d'icelle ?
  Hero, jadis, pleine de bonne grace,
Née de riche et de gentille race,
Estoit nonnain à Venus dediée,
Et se tenoit, vierge et non mariée,
En une tour dessus la mer assise,
Où ses parens, bien jeune, l'avoient mise.
C'estoit, de vray, une Venus seconde,
Mais si honteuse et chaste, que le monde
Luy desplaisoit, et tant s'en absenta,
Qu'onc l'assemblée aux femmes ne hanta.
Et davantage, aux lieux jamais n'alloit

Où la jeunesse amoureuse balloit,
Ny aux festins, ny à nopces aucunes,
En evitant des femmes les rancunes;
Car pour raison des beautez gracieuses
Les femmes sont vouluntiers envieuses.
Mais humblement elle faisoit sans cesse
Veuz et offrande à Venus la déesse.
Souvent aussi alloit sacrifier
A Cupido, pour le pacifier,
Non moins craingnant sa trousse trop amere
Que le brandon de sa celeste mere;
Mais pour cela ne sceut finablement
Les traictz à feu eviter nullement.
    Or estoient jà les moys et jours venus
Que Sestiens celebroient de Venus
La grande feste, et du bel Adonis.
Là vindrent lors les peuples infinis
Qui habitoient les petites et grandes
Isles d'autour; tous y vindrent par bandes.
Du fons de Cypre à la cerimonie
Vindrent les uns, les autres d'Hemonie.
Femme du monde en toute Cytherée
N'est en faubourg ne cité demourée;
N'y eut danseur ny autre demourant
Dessus Lyban, le mont bien odorant,
Ne Phrygien (tant aymast le sejour)
Qui ne courust veoir la feste ce jour.
Tous ceulx d'Abyde, aux Sestiens voisine,
Tous jouvenceaux qu'Amour tient en saisine,
Y sont venuz: car vouluntiers ilz vont
Là où l'on dit que les festes se font,
Plus pour y veoir des dames les beautez
Que pour offrir leurs dons sur les autelz.
    Dedans le temple où se faisoit la feste
Hero marchoit en gravité honneste,

Rendant par tout de sa face amyable
Une splendeur à tous yeulx agréable.
Telle blancheur au visage elle avoit
Que Cynthia, quand lever on la voit;
Car sur le hault des joues paroissoient
Deux cercles ronds, qui un peu rougissoient
Comme le fons d'une rose nayfve,
Meslé de blanche et rouge couleur vive.
Vous eussiez dict ce corps tant bien formé
Sembler un champ de roses tout semé,
Car par dessus sa blancheur non pareille
La vierge estoit de membres si vermeille,
Qu'en cheminant ses habitz blancz et longs
Monstroient par foys deux roses aux tallons.
    D'elle au surplus sortoient bien apparentes
Graces sans nombre, et toutes différentes.
Vray est qu'en tout trois Graces nous sont painc-
Des anciens : mais ce ne sont que fainctes,   [tes
Veu que d'Hero un chascun œil friant
Multiplioit cent graces en riant,
Si que Venus (si trop ne me deçoy)
Avoit trouvé nonnain digne de soy.
Ainsi passant de beauté toutes celles
Qu'on estimoit en son temps les plus belles,
L'humble novice à Venus bien decente
Apparoissoit une Venus recente;
Dont il advint, quand ainsi se monstra,
Qu'aux tendres cueurs des jouvenceaulx entra,
Et n'en fut un qui n'eust en son courage
Desir d'avoir Hero par mariage.
Chascun l'admire et chascun la contemple;
Si qu'en allant çà et là par le temple,
L'œil et le cueur de tous ceulx qui la veirent
(Où qu'elle allast) tout le jour la suyvirent.
    Et un jeune homme entre autres estoit là,

Qui en ce poinct tout esbahy parla :
« J'ay plusieurs foys veu Sparte la cité,
Lacedémone ay par tout visité,
Là où on oyt, par maniere d'esbat,
Sur les beautez chascun jour maint debat;
Mais telle fille encores n'ay je veue,
Qui soit de grace et beauté si pourveue.
Peult estre aussi que Venus en ces places
A faict venir quelc'une des trois Graces.
Certes, lassé de regarder je suis,
Mais de la veoir saouler je ne me puis
Content serois d'estre en terre bouté
Après avoir au lict d'Hero monté;
Et dieu du ciel estre ne vouldrois mye,
L'ayant chez moy pour espouse et amye.
Helas ! Venus, si c'est chose odieuse
Que de toucher à ta religieuse,
A tout le moins avecques moy assemble
Par mariage une qui luy ressemble. »
    Ainsi disoient maintz gracieux et doulx
Jeunes amans. Mais un autre sur tous,
Taisant son mal, hors du sens se jectoit
Pour la beauté qui en la vierge estoit.
O Leander, qui tant souffris, si est ce
Qu'après avoir veu la demy deesse
Tu ne voulois soubz l'aguillon d'aymer
Couvertement ta vie consommer,
Ainçoys, estant à l'improviste attainct
Des traicts chargez d'un feu qui ne s'estainct,
Tu n'eusses eu de vivre patience
Sans de la belle avoir experience.
    Aux raiz des yeulx creut le brandon plus fort
D'amour cruel, dont par le grand effort
Impetueux de la flambe invincible
Brusloit sans fin le povre cueur paisible.

Aussi beauté excellente bien née
En femme honneste et non contaminée,
Aux hommes est plus aigüe et perçante
Que traict volant tiré de main puissante :
L'œil est la voye, et quand frappé se sent,
La playe coule, et droict au cueur descend.
Si devint lors l'amant dont je vous compte
Ravy, tremblant, tout honteux et sans honte ;
Du cueur trembla : honte le tenoit pris.
Ravy estoit en beauté de tel prix ;
Finablement, amour l'a tant dompté,
Que de honteux le rendit eshonté.
 Par amour donc de soymesmes cherchant
A n'avoir honte, il s'en alloit marchant
Tout pas à pas, et print l'audace après
De costoyer la vierge d'assez près ;
Puis de travers tourne de bonne grace
Ses yeulx tous pleins d'amoureuse fallace,
Et l'induisant par signes sans mot dire
A desirer la chose qu'il desire.
 Incontinent qu'elle se veit aymée,
Bien ayse fut, se sentant estimée,
Et plusieurs foys tout bellement baissa
Sa belle face, et puis la redressa,
Guignant de l'œil Léander doulcement,
Qui en son cueur fut ayse grandement
De ce qu'Hero son amour entendit,
Et l'entendant point ne se deffendit.
Donques tandis que son heure opportune
Il espyoit pour suivre sa fortune,
Le clair soleil vers Occident tiroit,
Et peu à peu sa clarté retiroit,
Si que Vesper on veit de l'autre part,
Qui jà du jour tesmoignoit le depart,
Parquoy, voyant le jouvenceau Léandre

De toutes parts les tenebres s'espandre,
Plus hardiment d'elle s'approcher ose,
Et luy serra les doigts plus blancs que rose,
En souspirant ; et elle sans mot dire
Comme en courroux sa main blanche retire.
Dès qu'il sentit aux gestes la pensée
D'Hero en branle, et demy eslancée,
De la tirer print trèsbien l'aventure
Par l'un des plis de sa riche vesture,
La destournant, et la menant adonc
A l'un des boutz du temple grand et long :
Et elle alloit après luy pas à pas
Tout lentement, comme ne voulant pas ;
Puis de propos femenins l'a tencé,
Disant ainsi : « Estes vous insensé,
Mon gentilhomme ? Entreprenez vous bien
D'ainsi tirer une fille de bien ?
Croyez qu'icy fort mal vous adressez :
Allez ailleurs, et ma robe laissez,
Que n'esprouviez, à vostre grand dommage,
L'ire et fureur de mon grand parentage.
Prier d'amour est chose deffendue
Nonnain qui s'est vierge à Venus rendue,
Et n'est loysible inventer achoison
D'aller au lict de fille de maison. »
　　Telle parolle aux filles convenable
Tenoit Hero à l'amant bien aymable.
Et quand Léandre eut de la vierge ouy
Le doulx courroux, il fut tout resjouy,
Sentant en elle (à cette occasion)
Les signes vrays de persuasion :
Car lors que femme à un amant conteste,
Son contester signe d'amour atteste.
　　Doncques, après qu'il eut de grand'ardeur
Baisé son col blanc et de bonne odeur.

Desir d'amour qui l'aguillonne et poinct
Le feit parler à sa dame en ce poinct :
« Chere Venus, après Venus la gente,
Noble Pallas, après Pallas prudente,
Je parle ainsi, car trop grandement erre
Qui t'accompare aux femmes de la terre,
Veu que tu es, à bien te visiter,
Toute semblable aux filles Juppiter ;
Bienheureux est celluy qui te planta,
Et pleine d'heur celle qui t'enfanta.
Si te supply, enten à mes clamours,
Et pren pitié des contrainctes d'amours.
Tu te dis fille à Venus consacrée :
Fais donc cela qui à Venus agrée ;
Vien, vien, m'amyc, et d'une amour egale
Entrons tous deux en sa loy conjugale ;
Ce n'est pas chose aux vierges bien propice,
D'administrer à Venus sacrifice :
Venus ne prend aux pucelles plaisir ;
Ses vraiz statutz (si tu as le desir
De les sçavoir) et ses mysteres dignes
Ce sont anneaulx, nopces, lictz et courtines.
Puis qu'aymes donc Venus doulce et traictable,
Ayme la loy d'amour tant delectable,
Et me reçoy, en laissant tous ces vœux,
Pour humble serf, ou mary, si tu veulx :
Serf que pour toy Cupido a vené,
A coups de traict poursuivy et mené,
Usant, hélas ! en moy de tel effort
Que feit Mercure en Hercules le fort,
Quand le mena soubz sa verge dorée
Servir la nymphe en Lydie honorée.
Las ! quant à moi, Venus au beau corsage
M'a rendu tien, non Mercure le sage.
O noble vierge, il ne faut qu'on te die

D'Athalanta, la belle d'Arcadie :
Tu sçais comment en amour soulager
Ne vouloit pas le beau Meleager,
Pour demourer tousjours vierge obstinée ;
Mais au moyen de Venus indignée
Elle devint de luy plus amoureuse
Qu'au paravant ne luy fut rigoureuse.
Pourtant, m'amye, aux choses que j'ay dictes
Te fault renger, que Venus tu n'irrites. »
　　Ainsi l'amant persuadoit de bouche
La belle Hero, encor toute farouche,
Si que les motz tant doulx qu'ouys elle a
Feirent son cueur vaciller çà et là.
　　La vierge adonc, muette devenue,
Sa veue en terre a longuement tenue,
Cachant sa face, en laquelle luy monte
Ce sang vermeil tesmoingnage de honte.
Plus cheminant pensive se monstroit,
Et sans besoing bien souvent accoustroit
Ses vestemens, tous signes en partie
D'une pucelle à aymer convertie ;
Et silence est la promesse accordée
De toute fille ainsi persuadée.
　　Or sentoit jà ceste cy les secousses
Et aiguillons des amours aigresdoulces,
Pource qu'en cueur si noble et de hault prix
Facilement le doulx feu s'estoit pris ;
Puis esbahie estoit d'autre costé
Du doulx Léandre et de sa grand' beauté.
　　Donc, ce pendant qu'en la terre ses yeulx
Elle eust fichez, Léander, curieux
Et plein d'amour, de veoir n'estoit lassé
Son tendre col, qu'elle tenoit baissé,
Lequel pourtant finablement leva,
Puis, rougissant, ainsi dire elle va :

« Je ne croy pas, Seigneur, que le pouvoir
Tu n'eusses bien d'une roche esmouvoir
Par tes devis. Qui t'a faict si sçavant
A mettre motz deceptifs en avant,
O povre moy ! et qui t'a incité
De venir veoir mon pays et cité ?
Si est ce en vain que m'as propos tenu ;
Car, veu que errant tu es et incongnu,
Et qu'en toy n'a seureté de fiance,
Comment peulx tu avoir mon alliance ?
Nous ne povons (pour bien te l'exposer)
Publicquement tous deux nous espouser,
Pource que j'ay mes parens au contraire ;
Et quand vouldrois par deça te retraire
En te faingnant personne fugitive,
Tu ne pourrois cacher l'amour furtive,
Car en tout temps les langues sont amyes
De faulx rapportz et toutes infamyes ;
Et ce que faire en secret on pretend,
En plein marché Malebouche l'entend.
Ce neantmoins, je te pry que je sache
D'où tu es né, et ton nom ne me cache ;
Si quiers le mien, ne te diray de non :
Sçache de vray qu'Hero est mon droict nom,
Et ma maison une tour haulte et droicte,
Là où j'habite, en menant vie estroicte,
Sans entretien de personne vivante,
Fors seulement d'une simple servante.

Ceste grand'tour devant Seste a son estre
Sur creux rivage, auquel de ma fenestre
Me sont les flots de la mer apparens ;
Tel fut l'advis de mes rudes parens.
Autres voysins autour de moy ne hantent,
Ne jeunes gens point n'y dansent ne chantent.
Mais sans cesser, et de jour et de nuict,

La mer venteuse à l'oreille me bruit. »
   Adonc Hero, honteuse de rechef,
Vers son manteau baissa un peu le chef,
Et en couvrit sa face illustre et claire,
Pensant en soy : « Hero, que veulx tu faire ? »
De l'autre part, Léander, d'une extreme
Desir qu'il a, consulte avec soymesme
Comme il pourra devenir si heureux
De parvenir au combat amoureux.
   Certes, Amour, variable en conseil,
Fait playe aux cueurs, puis baille l'appareil :
Et luy, par qui sommes tous surmontez,
Conseille ceulx qu'il a priz et domptez :
Ainsi feit il, ainsi donna secours
A Léander, qui après tous discours
Triste, et faisant d'un vray amant l'office,
Va dire un mot plein de grand artifice :
   « Vierge (dit il), tant peu craintif seray
Que l'aspre mer pour toy je passeray,
Fust ce un endroict d'innavigable gouffre,
Voyre fust l'eau bouillante en feu et souffre ;
Je ne crains point la mer desesperée,
S'il fault aller en ta chambre parée,
Et si n'auray frayeur en escoutant
L'horrible bruit de la grand'mer flottant.
Ains tous les soirs, mouillé, sans paour ne honte
Nageray nud en la mer Hellesponte:
Car il y a distance assez petite
De la cité Abydaine où j'habite
Jusques chez toy ; fais moy sans plus ce tour
De me monstrer sur le hault de ta tour
Quelque lanterne ou brandon flamboyant
Devers la nuict, afin qu'en le voyant
Je sois d'amour le navire sans voile,
Ayant sur mer ton flambeau pour estoille ;

Aussi affin qu'en le voyant, ne voye
De Bootes l'occidentale voye,
Ny Orion cruel et pluvieux,
Ne le train sec du chariot des cieulx,
Qui de venir me pourroit bien garder
À ce doulx port où je veulx aborder.

    Mais par sus tout (helas ! ma chere dame)
Si tu ne veulx qu'acoup je perde l'ame,
Pren garde aux ventz ; vueilles avoir le soing
Que, trop esmeuz, n'estaingnent au besoing
Le clair flambeau conducteur de ma vie.
Si au surplus de sçavoir as envie
Quel est mon nom, Léander je m'appelle,
Mary d'Hero, la gracieuse belle. »

    Ainsi tous deux ordonnoient le decret
Du mariage, entre eulx clos et secret,
Et de garder tout l'ordre taciturne
Servant au faict de l'amytié nocturne,
Dont le flambeau seroit seul tesmoingnage,
En promectant tout d'un mesme courage,
Elle, de faire esclairer le brandon ;
Luy, de se mectre en l'eau à l'abandon.

    Puis, confirmans la nuict des espousailles
Par un baiser donné en fiansailles,
Force leur fut (à regret et envis)
Se separer et rompre leurs devis.
Si s'en alla Hero en sa tour haulte,
Et Léander (affin que par sa faulte
Ne s'esgarast de nuict en son retour)
Merquoit de l'œil le chemin de la tour,
Et naviguoit vers Abyde tendant.

    Pensez en vous quantesfoys ce pendant
Ont desiré tous deux l'heure propice
D'entrer au lict d'amoureux exercice.

    Or avoit ja la nuict d'eulx attendue

Sa robe noire en l'air toute estendue,
Et les humains rendit par tout dormans,
Fors Léander, le plus beau des amans,
Qui sus le bord de la mer pour nager
Attend pied coy le luysant messager
De ses amours, et guette de ce pas
Le luminaire et feu de son trespas,
Lequel luy doibt de loing monstrer par signes
Le droict chemin des nopces clandestines.

   Si tost qu'Hero veit que la nuict umbreuse
Noircie estoit d'obscurté tenebreuse,
Songneusement comme elle avoit promis
A le flambeau en evidence mis,
Qui ne fut pas plus subit allumé
Que Léander ne fust tout enflammé
Du feu d'amour, si que son cueur ravy
Et le flambeau s'allumoient à l'envy :
Bien est il vray qu'oyant les sons horribles
Que font en mer ces grands undes terribles,
Il eut en soy frayeur de prime face ;
Mais, peu à peu prenant cueur et audace,
Pour s'asseurer parloit tout seul ainsi :

   « Amour est dur, la mer cruelle aussi :
Un bien y a : ce n'est qu'eau en la mer,
Et dedans moy ce n'est que feu d'aymer.
Sus donc, mon cueur : prens le feu de ta part,
Et ne crains l'eau qui en la mer s'espart ;
A ce coup fault qu'en amour me secondes.
Dequoy crains tu les vagues et les undes ?
O cueur d'amant, n'as tu point congnoissance
Que Venus print des undes sa naissance,
Et qu'elle a force et domination
Dessus la mer, et sur l'affection
Qui nous conduict ? » Mis à fin ce propos,
Il despouilla ses membres bien dispos,

Et des deux mains ses habitz desliez
Autour du col a serrez et liez ;
Puis, s'esloingnant du bort un peu en ça,
D'un sault de course en la mer se lança,
Tirant tousjours vers la clere lanterne,
Et tellement en la mer se gouverne,
Que luy tout seul navigant vers sa dame
Estoit sa nef, son passeur et sa rame.

    Hero, tandis, qui des creneaulx esclaire,
De son manteau couvroit la lampe claire
Quand s'eslevoit quelque nuysible vent,
Et la garda d'estaindre bien souvent,
Jusques à tant que Léander passé
Au port de Seste arriva tout lassé,
Et que la vierge en sa tour haulte et forte
Le feit monter ; mais sachez qu'à la porte
Elle embrassa, d'amour et d'aise pleine,
Son cher espoux quasi tout hors d'haleine,
Ayant encor ses blancz cheveulx mouillez,
Tous degoutans, et d'escume souillez.
Lors le mena dedans son cabinet,
Et quand son corps eust essuyé bien net,
D'huille rosat bien odorant l'oingnit,
Et de la mer la senteur estaingnit.

    En un lict hault adonques il se couche.
Et elle auprès, qui sa vermeille bouche
Ouvrit, ainsi parlant à son espoux,
Auquel encor bien fort battoit le poulx :

    « Amy, tu as beaucoup de travail pris,
Plus qu'autre espoux n'en a onc entrepris ;
Amy, tu as de travail pris beaucoup :
Assez te dois contenter pour un coup
De l'eau sallée et de l'odeur maulvaise
De la marine : or te metz à ton aise,
Et en mon sein (cher amy qui tant vaulx)

Ensevely tes labeurs et travaulx. »
Léandre adonc la ceincture impollue
Qu'elle portoit soudain luy a tollue
D'autour du corps, et entrerent tous nuds
Aux sainctes loix de la doulce Venus.

    Helas, c'estoient des nopces, mais sans danses;
C'estoit un lict, mais lict sans accordances
D'hymnes chantez : nul poëte on n'y veit
Qui du sacré mariage escrivist ;
Cierge beneit aucun n'y fut posé
Pour illustrer le lict de l'espousé ;
Là menestriers ne sonnerent aulbades ;
Là balladins ne jecterent gambades ;
Chantz nuptiaulx point n'y furent chantez
Par les amys et les deux parentez,
Ainçoys à l'heure à coucher disposée
Silence feit le lict de l'espousée,
Et l'ornement et principale cure
De ceste feste estoit la nuict obscure,
Si qu'Aurora, qui le monde embellit,
Ne veit jamais couché dedans ce lict
Le marié : car sans jour et sans guyde
Tous les matins repassoit vers Abyde,
Insatiable et plein d'ardant desir
De retourner au nocturne plaisir.

    Quant à Hero, pour si seurement faire
Que ses parens ne congneussent l'affaire,
Tousjours d'habit de nonnain se vestoit,
Et de jour vierge et de nuict femme estoit.

    O quantesfoys le beau jour evident
Ont souhaitté descendre en Occident !

    Ainsi leur grande amytié conduysoien
Et en plaisir secret se deduysoient ;
Mais peu vescu ont en ceste maniere,
Et peu jouy de l'amour mariniere ;

Car dès que vint le bruyneux yver,
Voycy les vents tous esmeuz arriver,
Qui esbranloient les fondemens profons
De l'eau debile, et battoient jusqu'au fons,
Faisans mouvoir d'orage horriblement
Toute la mer çà et là, tellement
Que les nochers, fuyans les eaux irées,
Avoient aux portz leurs voiles retirées.

    Mais le fort vent ne l'yver ne l'orage
N'espoventa jamais ton fort courage,
O Léander! ains la lampe allumée
Dessus la tour à l'heure accoustumée
Te donna cueur d'entrer en la marine
Par ce dur temps, la faulse et la maligne.

    Helas! Hero, de bon sens despourveue,
Devoit l'yver se passer de la veue
De son amy, sans plus faire reluyre
Le brandon prest à ses plaisirs destruire;
Mais Destinée à son malheur la meine,
Si faict Amour : car de son plaisir pleine
Meit sur la tour le flambeau sans propos,
Non plus flambeau d'Amour, mais d'Atropos.

    Or estoit nuict : quand les vents vehemens,
Par merveilleux et divers soufflemens
Poulsans l'un l'autre, en mer se remuerent,
Et peslemesle en fureur se ruerent
Sur le rivage, à celle mauvaise heure
Le povre amant, que faulx espoir asseure
D'aller encor aux ordinaires nopces,
Estoit porté des bruyantes et grosses
Vagues de mer. Jà les undes ensemble
S'entrebatoient; l'eau sallée s'assemble
Tout en un mont; les flotz sont jusqu'aux cieulx;
La terre esmeue est des ventz en tous lieux
Par leur combat; car Boreas se vire

Contre Notus, Eurus contre Zephyre,
Si que l'orage en mer bruyante espars
Inevitable estoit de toutes pars.
    Léandre alors, qui maulx intolerables
Avoit souffert des undes implacables,
Prioit Venus de luy estre opportune,
Prioit Thetis, se vouoit à Neptune,
Et n'oublia de dire à Boreas :
« O Aquilon, qui tant labouré as
Au faict d'amour pour la pucelle Attique,
Entens à moy. » Mais nul dieu aquatique
A son prier n'a l'oreille inclinée,
Et n'a l'Amour sceu vaincre destinée ;
Car, tout rompu de ceste impetueuse
Emotion de la mer fluctueuse,
Aux jambes eust les puissances debiles,
Ses bras mouvans devindrent immobiles,
Et en sa gorge entroit avec l'escume
Grand' quantité d'eau pleine d'amertume.
Finablement, le vent par sa rudesse
Estaindre vint la lanterne traistresse,
Avec la vie et l'ardante amytié
De Léander, digne de grand'pitié.
    Tandis Hero avoit ses beaulx yeulx vers
Tousjours au guet, vigilans et ouvers,
Et lors sur piedz pleurant, pensant, resvant,
La miserable, en sa face levant,
Va veoir du jour la claire estoile Aurore,
Et ne veoit point son cher espoux encore.
Parquoy, estant jà estainct le flambeau,
Deçà, delà, jecta son œil tant beau
Sur le grand doz de la mer, pour sçavoir
Si son amy navigant pourra veoir :
Mais, las ! si tost qu'elle eust jecté sa veue
Encontrebas, la povre despourveue

Va veoir au pied de la tour, desciré
Contre les rocs, son amy desiré,
Dont par fureur rompit son vestement
Autour du sein, puis tout subitement
Jectant un cry de personne insensée,
Du hault en bas de la tour s'est lancée.
Ainsi Hero mourut le cueur marry
D'avoir veu mort Léander son mary,
Et après mort, qui amans desassemble,
Se sont encor tous deux trouvez ensemble.

FIN DU TOME III.

TABLE DES MATIÈRES

CONTENUES DANS CE VOLUME.

ÉPIGRAMMES.

B. *Epigrammes tirées de l'édition de* 1596.

I. ÉPIGRAMMES DIVERSES.

FIN DE LA TABLE.